MARTIN CAMAJ · ME PENDLAT E KORBIT TË BARDHË

MARTIN CAMAJ · WEISSGEFIEDERT WIE EIN RABE

Martin Camaj

Me pendlat e korbit të bardhë

Poezi shqip–gjermanisht

Redaktoi dhe përktheu nga shqipja Hans-Joachim Lanksch

Martin Camaj

Weißgefiedert wie ein Rabe

Gedichte Albanisch–Deutsch

Herausgegeben und aus dem Albanischen übersetzt
von Hans-Joachim Lanksch

Titel der Originalausgabe:
Njeru më vete e me tjerë, München 1978

Wieser Verlag

KLAGENFURT – WIEN – LJUBLJANA – SARAJEVO
A-9020 Klagenfurt/Celovec, Ebentaler Straße 34b
Tel.: + 43(0)463 370 36, Fax: + 43(0)463 376 35
e-mail: office@wieser-verlag.com
Homepage: http:/www.wieser-verlag.com

Typographie: TextDesign GesmbH, Klagenfurt
Gesetzt aus der Adobe Caslon
ISBN 3 85129 164 6

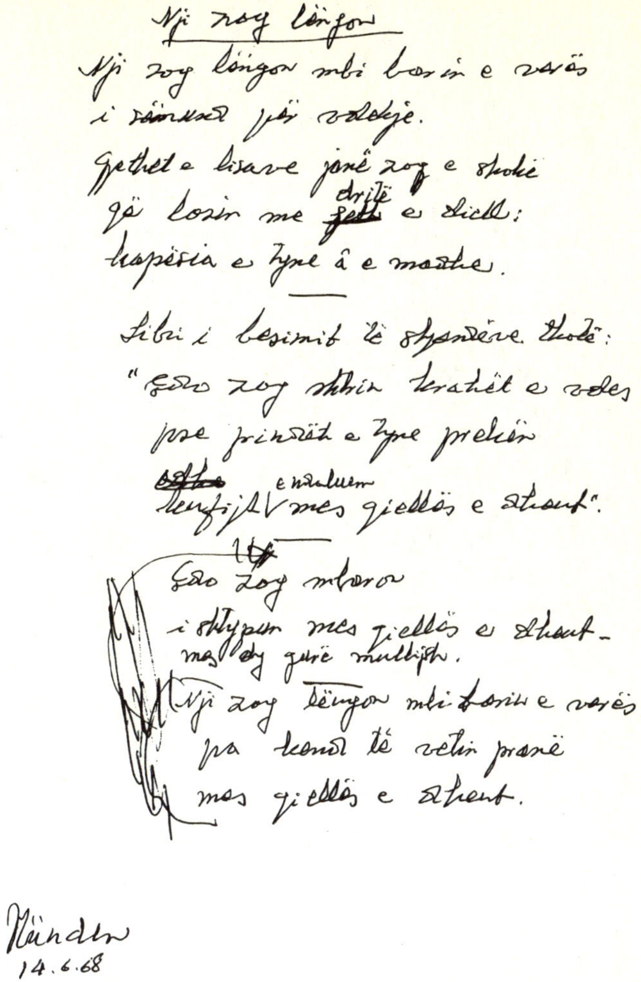

Vorstufe zum Gedicht *Nji zog lëngon/Ein Vogel todgeweiht* in Martin Camajs Handschrift

Diftojsi

Inhalt

Kushtue sime shoqe Erika

Gewidmet meiner Frau Erika

Fill i gjetun

Natën që shkoi u fikën dritat e mbeti
qyteti në terr deri n'agim.

Amvisat kërkuen llampat vojguri
e s'i gjetën në terr.

Në nadje ra dielli e zbeu
faqet e rrokaqiellëve.

Në nadje vrejta rrethin e andrrave
në truell
e gjeta fillin e tretun
në pikën e ndaljes së dritës.

Gefundener Faden

Vergangene Nacht verlöschten die Lichter und finster
lag die Stadt bis der Tag graute.

Die Frauen suchten Öl und Dochte
und fanden sie nicht im Finstern.

Am Morgen versank die Sonne und blaß
wurden die Flächen der Wolkenkratzer.

Am Morgen besah ich den Kreis der Träume
am Boden
und fand den verlorenen Faden
dort wo das Licht abriß.

Nji zog lëngon

Libri i besimit të shpendve thotë:
çdo zog shtrin krahët e vdes mbi bar,
ndëshkim pse preku kufijtë e ndaluem
mes qiellit e dheut.

Nji zog lëngon për vdekje mbi bar:
gjethet ndër lisa janë zogj e shokë
të pambërrishëm
e losin me dritë e diell

larg dy gur mullijsh që bien
si mbas ligjit njeni mbi tjetrin
pa za.

Ein Vogel todgeweiht

Im Kanon des Vogelreichs steht:
ein jeder breitet die Fittiche aus und stirbt im Gras –
Strafe für den der an verbotene Grenzen rührte
zwischen Himmel und Erde.

Ein Vogel todgeweiht im Gras:
das Laub hoch oben sind Vögel und Gefährten
unerreichbar
im Spiel mit Sonne und Licht

weit fort zwei Mühlsteine malmen
wie das Gesetz es befiehlt
hämmern aufeinander
lautlos.

Nata e koncertit

As bora nuk asht e bardhë në këtë muzg.
Gjindja me kambë të randa vrapon
kah dritaret e tingullit.

Në sallën e koncertit edhe diktatorët
marrin vesh masën e instrumentave.

Ndëgjuesit veshë-imët mbyllën sytë
e kapën currila pullazesh të lashta,
djegie qytetesh e drush të thata.
Në tempon e dytë gzhatshëm era
përkuli grunin deri në tokë.

Në sallën e koncertit edhe dirigjenti
symbyllë s'pau tjetër pos tingujsh
të ndezun mbrenda nji rrotulle terri.

Konzertabend

Selbst Schnee ist nicht weiß in diesem Zwielicht.
Die Menge eilt schweren Schrittes
zu den Fenstern des Klanges.

Im Konzertsaal hören selbst die Diktatoren
auf die Menge der Instrumente.

Die Zuhörer – die Ohren gespitzt, die Augen zu –
hörten ein feines Rinnen von alterwürdigen Dächern
den Brand von Städten und Reisig.
Im Adagio strich der Wind dörrend
über Weizen und drückte ihn zu Boden.

Im Konzertsaal sah selbst der Dirigent
geschlossenen Auges nichts als Klänge
in einem Rund aus Finsternis lodern.

Nji stinë e humbun

Verës sa nji mëngjes me vesë
nuk ia pau kush ballin simjet
me sy të përlotun të sjellun
kah mali.

Vjetit nuk i mungon asnji ditë
në kalendar e i dhimbet
e mbramja pikë e dyllit në djegie:
e sotmja ka ndijen e dridhjes
së fletëve të shqemes
para dhambëve të sutës.

Eine verlorene Jahreszeit

Niemand sah in diesem Jahr
die Stirn des frühtaukurzen Sommers
die Tränen in seinem Blick
auf den Berg.

Nicht ein Tag fehlt dem Jahr
und voll Schmerz sieht es
den letzten Tropfen Wachs verbrennen:
Das Heute spürt die Blätter
des Gerberstrauchs beben
vor dem Hauch der Zähne
der Gemse.

Mospërfillje

Mbas mjesnate hana derdhi rrezet
prej majes së shkambit deri në lumë.
Mbasi që u ngi me gjumë
këndon qokthi ndër rreze:
sytë, dy pika uji, ndrisin dhe kanga
pikon në luginë, në terr.

Dikush buzë lumit n'agim gjeti
sqepin e thyem të qokthit e tha:
dam! Kqyre këtë tingull që ra
e plasi në gurë.

Mißachtet

Nach Mitternacht goß der Mond seine Strahlen
von der Spitze des Felsens bis auf den Fluß.
Schlafgesätttigt
singt das Käuzchen in der Strahlenflut:
Die Augen, zwei Tropfen Wasser, funkeln
und das Lied
tropft in den Talgrund, ins Dunkel.

Jemand fand am Fluß vor Tag
den Schnabel des Käuzchens zerbrochen und sagte:
Ach! Sieh diesen Klang
der herabfiel
und am Stein zersprang.

Qokthi eci mbi sende

Qokthi eci mbi sende e pau
si dora e huej lëmon burime tingujsh
me gishta të pamësuem:
flokë bore bishin mbi vullaj të hapun
para kohe.

U gëzue kur doli hana e derdhi rrezet
prej shkambit deri në lumë.
Me gojë ari i këndoi nuses:
sytë dy pika uji ia ndritën rrezet
prej shkambit deri në lumë.

Sot askush nuk din
çka i ndodhi qokthit në kangë:
n'agim, buzë lumit i gjetën sqepin
e thyem e plasun me tinguj në gurë.

Das Käuzchen ging über die Dinge

Das Käuzchen ging über die Dinge und sah
eine fremde Hand am Ursprung der Klänge
mit unkundigem Griff:
Flocken schneiten auf offene Knospen, aufgesprungen
vor der Zeit.

Es freute sich als der Mond aufging und
    seine Strahlen niedergoß
vom Felsen bis auf den Fluß.
Mit Gold in der Kehle sang es für die Braut:
In den Augen, zwei Tropfen Wasser,
    glänzte die Strahlenflut
vom Felsen bis auf den Fluß.

Niemand weiß nun
was geschah während das Käuzchen sang:
Vor Tag am Fluß fand man den Schnabel
zerbrochen, am Stein zersprungen
mit hellem Klang.

Akrobatja

Në kupëzën e kishës cirku
jep shfaqjen e vet.
Akrobatja në fillin e penit
u kapet reve përpjetë me fletë dragoni
nën sjetull
e me thembra ari të kulluet.

Përqethje mishi engjujsh puta
stili barrok në mur
e me gishta në gojë
e sy adhurues e të frikshëm
se mbesin jetima.

Die Akrobatin

In der Kirchenkuppel gibt der Zirkus
seine Vorstellung.
Die Akrobatin auf fadendünnem Draht
strebt den Wolken zu mit Drachenflügeln
unter der Achsel
und mit Fersen aus blankem Gold.

Gänsehaut auf Engelsfleisch der Putten
an der Wand, barock
die Finger im Mund
mit Augen voll Anbetung und voll Angst
zu verwaisen.

Vdekje – krizëm

Vdekje – krizëm
e nji flete gjethi të thatë,
ku të thom te skaji i dheut
pa krizantema në dorë më prit.

Prit, dallëndyshë e shtangun
me fletë mbi valë, frymën time

për t'u çue në ajër
me pendlat e korbit të bardhë.

Tod – Rascheln

Tod – Rascheln
eines trockenen Blattes im Laubgeflatter
du sollst dort am Ende der Welt
ohne Rauschen von Chrysanthemen auf mich warten.

Warte, erstarrte Schwalbe
flatternd über der Welle
auf meinen Hauch

um aufzusteigen in die Lüfte
gefiedert wie ein weißer Rabe.

Mysafir i papritun në Berishë

Kur hyni mysafiri në derë n'atë muzg,
shtatë vëllazën e patën randë
si t'u shkelte mbi drrasa të thata
mbi krye. Dhe mbas dokes së lashtë
s'i banë kuvend e kqyrshin përdhé.

Ma i riu e theu heshtimin:
shkoqi lahutën vendi
e ia lëshoi mikut në prehën me i ra.
Kur ky e mori veglën në dorë
e i preku sharkun lëmueshëm
me bulzat e gishtit të vrashtë,
e me thue i grimcoi tejzat kripi mazi,
u kujtuen vëllazënt e ma i madhi, zot shpie,
se i hueji ishte kangëtar
si asnji ndër ta.

Fillimi e mban zemrën pezull,
jo sosja e kangës.

Unvermuteter Gast im Hirtendorf

Als der Gast in dieser Dämmerung durch die Tür trat
meinten sieben Brüder voller Unmut
sie hörten seinen Schritt auf trockenen Brettern
über dem Kopf dröhnen. Und entgegen dem alten Brauch
unterhielten sie ihn nicht und blickten zu Boden.

Der Jüngste brach sein Schweigen:
Er nahm die Lahuta herunter
und legte sie dem Gastfreund in den Schoß,
    er möge spielen.
Als jener das Instrument in die Hand nahm
und mit rauhen Fingerspitzen
sanft über die Zarge fuhr
und mit dem Daumen die Saiten
    aus Fohlenhaar nur anriß
da merkten die Brüder und der älteste,
    der Herr des Hauses,
daß der Fremde ein Sänger
ohnegleichen war.

Der Anfang hält das Herz in der Schwebe,
nicht das Ende des Liedes.

Malli për jetë

Lyp dashuninë e syve të mbyllun,
dy molla të tejpashme
me bërthamë zjarmi në mes.

Zemra e qindrueshme
rrok mallin e pamort
e pika shiu bien
mbi rreshpe të pangishme.

Sehen lebenslang

Ein Verlangen: Die Liebe geschlossener Augen
zwei durchsichtige Äpfel
Kerne aus Feuer darin.

Das festverwurzelte Herz
langt nach ewigem Sehnen
und Regentropfen fallen
auf nimmersatten Karst.

Mal i rrëxuem

Në orën gjashtë t'agimit
i qindronte aty shtërgatës.
Në mjesditë u shkoq pylli,
mollza e faqes, e ra në lumë.

Ra dielli e ndriti dhenë e ri,
rrajë të shkyeme, lisa të përçamë
e sosjen në vetëdijen time.

Banorët e malit përballë pyetën:
vend i brishtë, ku t'i fshehim sytë
në ballin tand pa lisa?

Bergrutsch

Frühmorgens wankte er
im Sturm nicht einen Zoll.
Mittags war der Wald, die Bergwange
umgerissen und versank im Fluß.

Die Sonne sank und beschien aufgewühlte Erde
abgerissene Wurzeln, gespaltene Bäume
und das Ende in meinem Bewußtsein.

Die Bewohner des Berges gegenüber fragten:
brüchiger Ort, wo bergen wir die Augen
in deiner Stirn ohne Bäume?

Vetmia e jugores në veri

Harroi se shtini kambë ndojherë
n'ujin e njelmë. Me sy në dritare
i tregon vetes prralla mbi foshnje
e djepe mes avullit përvlues
t'ullishtave.

Vjen hana
e nis udhtimin televizori npër botë
në heshtje deri në mjesnatë.
Mandej sheh andrra si rriten
dega lisash ndër krahë.

Einsamkeit der Südländerin im Norden

Sie vergaß daß sie die Füße einst
in Salzwasser gesteckt hatte. Die Augen am Fenster
erzählt sie sich Märchen von Neugeborenen
von Wiegen im verdampften Schweiß der Erde
in Olivenhainen.

Der Mond kommt
der Bildschirm geht auf Weltreise
bis Mitternacht, stumm.
Im Traum sieht sie dann
Baumzweige in ihrem Innern wachsen.

Çka i duhej Uliksit Itaka pa grue?

Malli, dëshirë e përjetës
e jo mallëngjimi, gurgull frymëshkurtë
e joshi Uliksin me kthye i kulluem
atje kah ishte nisë. Në ravgime të paskaje
shtjerri edhe të mbramin petk që kishte
amzën e pashlyeshme të vegëve ullini
dhe të duerve të grues.
Shtjerri edhe petka tjera leshi e lini
e fjeti ndër tesha të hueja, Uliksi,
kur harroi amzën.

Homerit s'i erdhi ngoje me thanë
përse Penelopa endte për të me duer të veta
petkun magjik të kthimit.
Homeri i përngeshëm u kull kujtueshëm e tha:
Uliksi e Itaka pa grue – dy krena binjokë dhie
me nji bri të thyem: punë e pakryeme.

Was soll Odysseus in Ithaka ohne Frau?

Die Sehnsucht, der Drang nach Ewigem
und nicht ein Anflug von Wehmut,
    nicht ein Glucksen im Hals
lockte Odysseus, gereinigt heimzukehren
zum Ursprung des Aufbruchs. Endlos
    war er umhergestreift
hatte auch das letzte Gewand verschlissen an dem
der Geruch von Webstühlen aus dem Holz des Ölbaums
der Geruch von den Händen der Frau haftete.
Auch Gewänder aus Berg und Tal anderer Länder hatte er
verschlissen und schlief in fremden Linnen, er, Odysseus
als er den Geruch vergessen hatte.

Homer kam es nicht auf die Zunge
warum Penelope für ihn von eigener Hand
das magische Gewand der Heimkehr gewebt hatte.
Doch dann, zerstreut, ein scharfsinniges Räuspern:
Odysseus und Ithaka ohne Frau – Januskopf
    eines Ziegenbocks
mit einem einzigen, zerbrochenen Horn:
    unvollständige Geschichte.

Ditë shiu në Merturin e Gurit

Bariu krah-thatë te ura e zjarmit lodhet
ndërmend
për dhitë damtare përjashta:
në gotën e çveshun drite grihen syzit
e hardhiave nën gurë e unurë.

Dhe tret ndër andrra të përhime:
mbi rrasat e gurit në Mertur
plasin sytë e sqepve grimë-grimë
nën dhambët e ujqve,
kokrra groshe e drithi në palaré.

Gjeli këndoi në tra
e u zgjuen prej gacash ndër unë
pendlat – bletë e gretha bashkë:
mija zane plasën në trutë e bariut.
Dhe u çue krejt dheu në kambë
me lata e topra edhe armë të vjetra
e u lëshuen ndër ujq.

Mejti shiu në Merturin e Gurit
dhe dielli u ndejt në perëndim
me rreze të lodhuna
në mishin e ujqve mbi dhambët e majeve
kortarë-kortarë.

Regentag in Mertur

Der arme Teufel von Hirt an der Feuerstelle
    grübelt sich müde
er denkt
an das Unheil der Ziegen draußen:
Im trüben Glas erstarren die Knospen
der Weinstöcke gewetzt wie Stahl am Feuerstein.

Und er verliert sich in aschgrauen Träumen:
Auf den Steinplatten in Mertur
brechen die Augen der Ziegenböcke in tausend Scherben
unter den Zähnen der Wölfe
weiße Bohnen und Mais in der Kupferpfanne.

Der Hahn krähte auf dem Balken
und die Federn
von glühenden Kohlen und Scheiten
wachgerüttelt – Bienen und Hornissen! Und
abertausend Klänge barsten im Hirn des Hirten.
Und alle Leute sprangen auf
mit Äxten und Beilen und alten Waffen
und stürzten sich auf die Wölfe.

Kein Regen mehr in Mertur
und die Sonne sank
mit matten Strahlen
auf das Fleisch der Wölfe über den Zacken der Berge
Stück um Stück zerfetzt.

Dimën

Flokët e borës ndër grykcat e lisave
e krahnjerri i përjargun ndër degë.
Syni kërkon flakën e fshehtë,
vjedulla strofullin
në gjijtë e rrajëve dhe kujton
ngrohësinë e frymës
nën lëkurën e deles së bardhë.

Iriqi me therra të nguluna n'mish
digjet pa flakë
mbrenda katër ballnave të dheut.

Winter

Schneeflocken in den Baumkronen
und Froststarre des geifrigen Schnees
in den Lefzen der Zweige.
Das Auge sucht die versteckte Flamme
der Dachs seine Höhle
im Schoß der Wurzeln und er denkt
an den warmen Atem
unter der Haut des weißen Schafes.

Der Igel, die Stacheln ins Fleisch gebohrt
brennt ohne Flamme
in den vier Wänden der Erde.

I cavalieri della ventura

Mërgimtarëve

Bjerraditës shekujsh mesjetarë,
rrugaçë pa trasta në krah ecën
mbas ravës së diellit skajeve
të dheut.

Pa pullaze mbi krye
brigjeve të paskaj mburren:
pjesën iau lamë vëllazënve,
e presim fundin në kambë,
ku rrëxohemi nuk çohemi ma.
Koca e eshtna na i qëron moti,
hala peshku mbi ranë,
dhe i lutemi detit të frymë t'i marrë!

E mos daltë njeri me gisht mbi to
e të thërrasë: qè, tek janë!

Glücksritter

Den Auswanderern

Vagabunden seit dem Mittelalter
Herumtreiber ohne Bündel überm Arm ziehen sie los
auf der Bahn der Sonne zu den Enden
der Welt.

Ohne Dach überm Kopf
prahlen sie an endlosen Ufern:
Das Erbe ließen wir den Brüdern
erwarten das Ende im Stehen
stehen nicht mehr auf wo wir fallen.
Knochen und Gebeine schabt uns das Wetter ab
Fischgräten auf dem Sand
und wir beschwören das geblähte Meer sie zu nehmen!

Und es soll niemand kommen, auf sie deuten
und rufen: Sieh, da sind sie!

Trajta

Petk i endun prej nji dore
fund e krye, trajta,
e kandshme për sy e veshë.

Trajtë e thjeshtë e lindun
ndër mundime prej guri,
e përshkueme shtigjesh të parrahuna
me kambë ose patkoj.

Pendël e lehtë në dukje
po e randë hekur në peshë,
tingull ose ngjyrë
e kthjellët deri në dritë.

Form

Gewand gewebt von einer Hand
von Kopf bis Fuß
Form
eine Freude für Auge und Ohr.

Form
Einfachheit
entstanden in steiniger Mühe
erfahren auf Pfaden die
kein Fuß kein Huf betrat.

Federleicht scheinend
gewichtig wie Eisen
Klang oder Farbe
lichtklar.

Ime amë

Shqemza e thatë dridhet
në shkambin mbi Dri e rrahun
nga fryma e tërbueme në Shëndre.
E ajo më thotë: »Je barrë e vrame
në parzmin tim!

Kaloje lumin para sosjes
të dimnit!«

Meine Mutter

Trockener Strauch zitternd
auf dem Felsen über dem Drin
der gegerbt wird
vom Wüten des Windes am Andreastag.
Und sie sagt mir: »Du bist eine verletzte Last
in meiner Brust!

Geh über den Fluß ehe der Winter
endet!«

Gjarpni e grueja

Ajo mbramë harroi trupin e vet
zbuluet
e në mëngjes e gjeti pikturë të varun
në murin e gjanë dhetë pashë:
e kqyri dhe e kqyri e u zhduk.

Petkat e saj teren buzë detit
me këmishën e gjarpnit mbi gurë.
Shtërpia tha se vjen prap, ajo,
deri mbasdite.

Mbasdite vonë, gjarpni i rrejtun
doli prej nëngurit
e iu zgërdhesh vetmisë ndërsy,
veshi këmishën e vjetër e shkoi
me fjetë.

Vergessene Haut

Sie vergaß heut nacht ihren Körper
unbedeckt
und fand ihn am Morgen als Bild
aufgehängt
an einer ellenbreiten Wand:
Sie schaute und schaute und verschwand.

Ihre Kleider trocknen am Meer
neben dem Natternhemd auf den Steinen.
Die Schlange sagte sie werde wiederkommen, ja ja
noch nachmittags

Am Nachmittag
spät
kam die getäuschte Schlange
unter den Steinen hervor
grinste der Einsamkeit entgegen
zog die alte Haut an
und ging
schlafen.

Bleta në veri

Kundër thanjes së Herodotit
si mbas të cilit andej Istrit
nuk gjallnuekëshin bletë. –
Libri V, 1.

Doli agimi e avulli
zbuloi trajta të ajthta
para derës së Veriut.

Sytë e errët mbas një nate
pa gjumë
u prirën andej Istrit e panë
si me qenë në Jug
bletë përpara zgjonit me krahë ari
gati me u lëshue fluturim

kah rrezet për net të mungëta.

Die Biene im Norden

Wider das Diktum Herodots,
wonach jenseits des Ister
keine Bienen leben. –
Buch V, 1.

Der Tag zog herauf und durch den Dunst
flimmerten Formen grazil wie Grannen
vor dem Tor des Nordens.

Düstere Augen nach einer Nacht
ohne Schlaf
blickten über den Ister und sahen
wie im Süden
Bienen vor dem Korb goldgeflügelt
um aufzufliegen

strahlenwärts vor dunklen Nächten.

Deshtimi

Nuk e çova zanin në kor
aty ku duhej: prej frike, turpi?
»Atëherë, del jashtë! – Më tha mjeshtri.
– Del jashtë!«

Prej të mbramit rresht në fund
u shkëputa, spec prej vargut në tra,
e njeha shkallët nji nga nji
deri në fund,
nën dhé
me peshën e njiqind syve në krahë.

Fehlschlag

Ich setzte im Chor nicht ein
wo ich sollte: aus Angst, Scham?
»Raustreten!« – sagte der Lehrer.
– »Raustreten!«

Aus der allerletzten Reihe hinten
kam ich hervor wie
Paprika am Balken der Hütte
und zählte die Stufen
eine nach der anderen
bis zum Ende
unter der Erde
das Gewicht von hundert Augen im Rücken.

Pranvera në katundin arbresh

Lulet dalin plasave të gurve
e myseve të shtegut deri në shkamb.
Lulet kurm-këputuna me qafë sa peni
veshtojnë kuvendin e grave duer-forta
që kthejtnë prej së jashtit
e asnji s'e zen ngoje pranverën.

Më kaluen ditët si n'andërr
me sy ndër lulet e hershme si humbshin
në barishtet e muejit prill të tërbuem.

U zgjova te dita e kthimit me nji varg
fjalësh pa kuptim në dorë.

Frühling im Arbresh – Dorf

Die Blumen brechen aus Rissen in Steinen
und an den Steinkanten der Wege hervor bis zum Fels.
Zerbrechlich schöne Blumen mit fadendünnem Hals
lauschen dem Gespräch robuster Frauen
die vom Feld heimkehren
und keine erwähnt den Frühling.

Mir vergingen die Tage wie im Traum
die Augen in Blumen der Frühzeit
von Kräutern des wildsprießenden April überwuchert.

Ich erwachte am Tag der Rückkehr mit einem Kranz
von Worten ohne Sinn in der Hand.

Kukullat në pushim

Motiv për nji pikturë naive

Në visin në mjedis malit e qytetit
asht vetëm nji teatër kukullash.
Gjatë ditve të javës dalin heret
me tesha të lulme në ballkon
e rreziten në diell.

Mbasdite enden dora-dorë
kopshtijeve rreth pëllazit të vet.
Me shputa kambësh gjigante e të lehta
si vesa
mbulojnë mbarë dhenë.

Po në muzg, ku shkelin ato kryevogla
nuk del ma bar.

Wenn die Puppen sich ausruhen

Motiv für ein naives Bild

Dort in der Mitte zwischen Berg und Stadt
ist nur ein Puppentheater.
An den Tagen der Woche gehen sie früh
mit blumenbunten Sachen auf den Balkon
und baden in Sonne.

Am Nachmittag streifen sie Hand in Hand
durch die Gärten um ihren Palast.
Mit Fußsohlen riesengroß und leicht
wie Tau
bedecken sie die ganze Erde.

Am Abend aber
wohin die Knirpse treten
wächst kein Gras mehr.

Kona

Askush të mos pyesë për pritën e fshehtë
mes dy shkambijve!
Sendet në kohë i mbulon cipa e hollë
e avullit që ishte ujë mes dy shkambijve:
edhe kanga e humbi melodinë e vet,
Kona e vogël.

Mos e sjell kryet andej
e le të bahet fshehësia
rreth i përkryem hekuri.

Kona

Daß niemand dich frage nach dem heimlichen Winkel
zwischen zwei Felsen!
Auf die Dinge legt sich im Lauf der Zeit die dünne Haut
des Dunstes der einmal Wasser zwischen zwei Felsen war:
Auch der Gesang hat seine Melodie verloren,
kleine Kona.

Dreh dich nicht um dorthin
und das Geheimnis sei
eingeschlossen rings in Eisen.

Aty si tash para se me ardhë fiset

Aty si tash para se me ardhë fiset
ishe
me tambël në plasaritjen e currave
e me themele në ujin e njelmë.
Të dhanë vetëm nji emën: Shkodra.
E të thirrën qytet me kunora
e të hodhën përkrye gur
e hekurat e para.

U zgjove e përgjakun sa herë
e u kqyre në pasqyrën tande.
Me emën grueje u lave ndër ujna
t'lumejve dhe ndeje me petka të reja
në shkamb
e ndritun ballë diellit mbi fusha.

Auch dazumal bevor die Stämme kamen

Auch dazumal bevor die Stämme kamen
warst du
hattest
Milch in den Rissen der Felsen
und die Grundfeste im Salzwasser.
Sie gaben dir nur einen Namen: Shkodra.
Und sie nannten dich Stadt mit Kronen
und schleuderten auf dich Steine
und Eisen der Vorzeit.

Du erwachtest voll Blut wieviele Male
besahst dich in deinem Spiegel.
Hattest den Namen einer Frau
und wuschest dich in den Wassern
der Flüsse und throntest mit neuen Kleidern
auf Felsen
leuchtend im Glanz der Sonne über Feldern.

Ndër mija trajta ideja

Prej dite në ditë nji tingull
treqind e gjashtëdhetë herë,
prej zgjimi në zgjim

frymë mali n'pullaz
ose trumcaku lypës meli
në dritare.

In tausend Formen die Idee

Tag um Tag ein Klang
dreihundertundsechzigmal
von Erwachen zu Erwachen

Bergwind am Dach
oder
Spatz hirsebettelnd
am Fenster.

Nën hijen e sendeve

Nën hije ku sot mbasdite pushova
e këputa fije bari n'mendim,
cicrrojnë bujqit e natës.

Pranë votre ndigjoj plasje
bishtajzash
gjineshtre në parzëm.

In der Schattentiefe der Dinge

In der Schattentiefe wo ich heut nachmittag ruhte
gedankenverloren Grashalme zupfte
singen Zikaden der Nacht.

Am Herdfeuer höre ich
Hülsen
des Ginsters
zerspringen in meiner Brust.

Zjarme në brezin e malit

Zjarme në brezin e malit ndër andrra
të përlyeme prej djersësh gjaku.
Nji luftë e nji revolucion
shtroje e mbuloje e breznisë

që tmerret me hapë dritaren
dje e sot nga frika
se shpirti i del me plagë lakuriq
para tingullit të vargjeve plumbi
mbi rrasa guri.

Feuer auf der Bergkette

Feuer auf der Bergkette in Träumen
blutschweißverschmiert.
Ein Kampf und eine Revolution
Wiege und Liege einer Generation

die sich fürchtet
das Fenster zu öffnen
gestern wie heute aus Angst
den Geist auszuhauchen verwundet nackt
noch ehe die Bleisalven
gegen Felsen knattern.

Alter ego

Nji zezak i verbët
me nji qen në mantel lëkure
mjedis kalldremit në qytetin e madh
të USA-s

qëndrojnë palëvizë në kambë.
Njerzia u vjen rrotull
ujë rreth nji curri binjok
në zemër të lumit.

Ujë i larmë përreth plagës
në trupin e nji gjiganti.

Alter Ego

Ein blinder Neger
im Ledermantel einen Hund
auf dem Pflaster einer großen Stadt
der Neuen Welt
unbeweglich stehend.

Die Leute umwirbeln sie ringsherum
Wasser um einen zweigezackten Felsen
im Herzen des Flusses.

Scheckiges Wundwasser
im Riesenkörper.

Retë e oqeanit

Eci krahas me to
nëpër ditën e gjatë.
Aty ku vete
asht skaji i kohës së matun
me rrahje zemre milionësh
në kërkim të nji emni.

Retë me rrajë të thella në det
rriten e bahen lisa:
ndër gryckat e tyne fantazma
konkisdadorësh
vjelin pemë.

Die Wolken des Ozeans

Ich gehe neben ihnen
einen langen Tag hindurch.
Dort wohin ich gehe
ist die letzte Kante der gemessenen Zeit
mit dem Herzschlag von Millionen
auf der Suche nach einem Namen.

Die Wolken mit Wurzeln tief im Wasser
wachsen und werden Bäume:
In den Kronen Phantome
von Konquistadoren
die Früchte pflücken.

Nji poeti të sotëm

Rruga jote â e mirë:
Parkat janë fytyrat ma të shëmtueme
të miteve klasike. Ti nuk shkrove për to,
por për rrasa guri e ballë njerzorë
me rrudha shum e për dashuninë.

Vargjet tua janë për t'i lexue në heshtje
e jo para mikrofonit
si të çetës së poetëve tjerë,

zemra
ndonëse nën shtatë lëkura
akull,

akull
ndonëse nën shtatë lëkura.

Einem Dichter von heute

Dein Weg ist gut:
Die Parzen – gräßlichstes Angesicht
antiker Mythen. Du jedenfalls
schriebst nicht über sie
sondern über Felswände und Menschenstirnen
faltengefurcht und über die Liebe.

Deine Verse sind im Schweigen zu lesen
und nicht vor dem Mikrophon
wie die einer Schar anderer Dichter;

das Herz
auch unter sieben Häuten
Eis,

Eis
auch unter sieben Häuten.

Kush i bani mëngji qytetit?

Shì te kambët e përmendores
në sheshin e madh të qytetit milionësh
gdhiu nuska e mëngjishme
me nji pe të kuq në qafë.
»Shej i tmerrshëm për këtë qytet!«
Tha pastruesi i rrugëve
nga fushat e Anadollit.
»Shej i tmerrshëm për këtë qytet!«

Wer brachte den Zauber in die Stadt?

Am Fuß des Standbildes
auf dem großen Platz in der Millionenstadt
frühmorgens schwarze Kunst – eine Puppe
mit einem roten Faden um den Hals.
»Ein grauenvolles Zeichen für diese Stadt!«
sagte der Straßenfeger
aus den anatolischen Ebenen.
»Ein grauenvolles Zeichen für diese Stadt!«

Fuqia e Konës

Ngjyra e verdhë e fletëve
shkurtoi dritën në faqe të veta
e të katundit jugor mbi kodrinën
bote të kuqe.

Para derës rrin Kona
me barrën e randë në gji,
dashunon rrezet e pemëve të vokta
në kanistër
pranë burrit kalamendë gjumi.

Tjerr Kona në furkë:
ngrohësia e pejve të leshtë shpërtheu
prej gishtavet
e lëvizja e fëmijës në parzëm
e dridhi në kënaqje të paskaj.

Stärke

Im Gelb der Blätter
verkürztes Licht auf den Wangen
und dem Dorf im Süden auf dem Hügel
aus rotem Lehm.

Vor der Tür sitzt Kona
mit einer schweren Leibesfrucht
sie liebt die Strahlen der lauwarmen Früchte
im Korb
neben dem schlaftrunkenen Mann.

Kona spinnt am Rocken:
die Wärme der wollenen Fäden bricht
zwischen den Fingern hervor
und regt es sich im Schoß
erzittert sie in unendlicher Freude.

Ai mal akulli ndan kohën

(Ai mal akulli kish nji emën,
nji emën tabú!)

Para se të mbylleshin sytë në gjumë,
pashë malin e akullt të bardhë
te kambët e mia.
Erdhi era me diell dhe e shkrini
e aty nën hijen time doli nji bimë.

Jener Berg Eis teilt die Zeit

(Jener Berg Eis hatte einen Namen
der Name war tabu!)

Bevor sich die Augen schlossen im Schlaf
sah ich den weißen eisigen Berg
zu meinen Füßen.
Dann kam ein Wind mit Sonne und schmolz ihn
und dort unter meinem Schatten
wuchs eine Frucht.

Fragment

Niset për gurbet punëtori
me nji copë qielli në krah
e krypë deti në kutia pishe.
Në dorë mban nji bahe
e gur lumejsh në gojë
në vend të bukës.

Rruga i zdrit përpara
me gaca zjarmi në sy.

Fragment

In die Fremde zieht der Arbeiter
ein Stück Himmel geschultert
und Meersalz in Pinienschachteln.
In der Hand eine Steinschleuder
und Kieselsteine im Mund
statt Brot.

Der Weg leuchtet ihm voran
in seinen Augen – Feuerglut.

Motiv i vjetër në kthim

Shtatë vasha u çuen peshë
kur ngjyra e korbit fluturoi
përmbi shtyllën e jetës:
sqepi i dukej i verdhë, gati i bardhë
mes pendlave të zeza.

Shtatë vasha u çuen peshë
e u turrën vrap me funda
në duer sa qethi mbas korbave
e vetëm me za i tretën si plafa të murmë
nën karmat e vendit tim.

Po s'erdhët ju, vasha,
kur të zbardhen pusat e ujit
në lumë përpara agimit,
ngurzohen edhe duert e foshnjeve
në palaré.

Ein altes Motiv kehrt wieder

Sieben Mädchen sprangen auf
als die Farbe des Raben dahinflog
über die Stütze des Lebens:
Gelb erschien sein Schnabel, fast weiß
zwischen schwarzen Federn.

Sieben Mädchen sprangen auf
und rannten, die Röcke
in den backblechgroßen Händen,
den Raben nach und scheuchten sie
allein mit der Stimme
wie dunkle Kopftücher
in die felsigen Abgründe.

Kommt ihr aber nicht, Mädchen
wenn die Wasserlachen im Fluß
weiß werden bevor der Tag graut,
versteinern auch die Hände der Säuglinge
auf der Tischplatte.

Mbas kryqëzimit të zogjve

Erret nata e fundit e dashunisë
nisë si për lojë:
ai ec në shputa të larme
shpendësh dimnues në Veri
nëpër banesën shum-dritaresh.
Zogëza mat trollin me kambë të zeza
para se me u nisë për Jug:

zanet e jashtme të botës ushtojnë
dhe rruga asht e ndame dyshë,
gjysma akull e gjysma diell.

Kreuzung der Vögel

Nachtanbruch letzter Liebe
spielerisch gekeimt:
er geht buntbesohlt
wie einer der im Norden über Winter
hinter vielen Fenstern haust.
Auf schwarzen Füßen schreitet sie
jung und schön
vor dem Aufbruch nach Süden

von außen schallen die Stimmen der Welt
und der Weg ist zweigeteilt:
halb Eis
halb Sonne.

Formulë mëngjie

Lejthia lejthia lejthia
njimijë ngjyra në këtë dhé
faqja e kuqe e grues së bardhë
me lythin e zi në mollëz
nuk më do nuk më do
e kaptë dhimba e kresë
le të vijë e të thotë:
ma largo ma largo!

Lejthia lejthia lejthia
andrrat e mia andrrat e mia
i lumi unë për ty
më le shteg me folë:

Peni u kuq në rremb
e liga larg trupit tand
shkëndija shkëndija në gurë
zemra i plastë sy-grizhës
shkëndija shkëndija n'unur.

Natë e vetima plastë
mbi malin e thatë
mbi andrrën e keqe!
Lejthia lejthia lejthia
e liga ndër leqe!

Zauberspruch

Hasel Hasel Hasel
tausend Farben auf dieser Erde
rote Wangen der weißen Frau
mit der schwarzen Warze
sie liebt mich nicht sie liebt mich nicht
soll der Kopf sie schmerzen
soll sie kommen soll sie sagen:
mach mich frei mach mich frei!

Hasel Hasel Hasel
meine Träume meine Träume
mein Glück mein Glück für dich
laß mich sprechen:

Roter Faden an dem Zweig
das Böse fliehe deinen Körper
Funke Funke am Stein
Elsteraugen-Herz zerbreche
Funke Funke am Stahl.

Nacht und Blitz zerberste
über dem trockenen Berg
über dem schlimmen Traum!
Hasel Hasel Hasel
Böses sei gefangen
in den Schlingen!

Malli për shekullin e kaluem

Në vilën e lashtë e shkret
nji erëtim rraqesh të motnueme
i mori pafajninë
petkut të vjetër të nusnisë
në musandër dhe teja iku druni
e mbeti mallëngjimi i shkurtë
mbi krahët e fluturës së thame
– melodi përvlimi mushknish
të sëmuna e të shkyeme
ndër brinat e drejve trofé
në ballin e votrës së fikun
në shekullin e kaluem

Sehnsucht nach dem vergangenen Jahrhundert

In der alten öden Villa
ein Geruch von verwittertem Zeug
die Unschuld nahm er
dem alten Brautkleid
in der Truhe und der Holzwurm floh
und es blieb eine kurze Wehmut
auf den Flügeln des erstarrten Schmetterlings
– Melodie des Versengens
kranker und zerrissener Lungen
im Geweih der Hirschtrophäen
mitten über dem Feuer
das im vergangenen Jahrhundert
erlosch

Dreni plak

Barijtë tradhtisht e lanë shkret bjeshkën
për ngrohësinë e vërrijeve.
Dirgjen shtigjeve tue folë me za të naltë
punë grash e qeshin
me ujin e prronit zhgrehshëm tue u derdhë,
prej pusi në pus.

Dreni plak çoi kryet prej dheut të djegun,
e vrejti gjethin e zverdhun. Mandej
shkoi e u kap me të bijtë për punë
drenushash.

I thyem e la edhe ai bjeshkën e ndoqi
gazin e prronit teposhtë, shigjetë zjarmi
mërgues për vendet e vuta e bar dimni
që kurr nuk ka me e prekë!

Kur e vranë, barijtë i hapën qepallat
e i panë ndër bebza
shum drej tue pi currila uji.

Der Hirsch – gebrochen

Die Hirten lassen die Alm treulos mutterseelenallein
ziehen
zur Wärme der Winterweiden.
Sie steigen hinab schwatzen laut
über die Frauen und ihr Lachen
ergießt sich wie ein Sturzbach
von Lache zu Lache.

Der alte Hirsch hob den Kopf von der verbrannten Erde
sah auf das vergilbte Laub. Dann
ging er und stritt mit den Söhnen
um die Hirschkühe.

Gebrochen verläßt auch er das Hochland und folgt
dem Lachen des Sturzbachs
ein Feuerpfeil
hinunter ins Flachland zum Wintergras
das er nie wieder berühren wird!

Als sie ihn töteten, öffneten die Hirten
seine Lider und sahen
in seinen Pupillen
viele Hirsche
Wasserstrahlen trinken.

Legjenda e Shotës

DRINI:
Çoje dorën e këputi rrajët e shlira
të kapuna për tokë, o Shotë,
para se të vlojë mushti në degë,
para se të vijë yt shoq tue pru
me vete ullij të zez prej detit!
Mija valë e rryma uji presin
urë për nën kurm të bahen:
këce në Dri!

SHOTA:
Zemra ime asht e ndame dyshë
dyshë mes dy dhenash
dyshë mes dy kohnash
dyshë mes dy shijeve:
të ujit e të venës së kuqe.

Pa qenë trimneshë, kam dy zemra
në parzëm, plot me dëshira binjoke
dhe kur avytet nata, nuk kam asnji
dhe bie mbi shtrojen e barit të njomë
dhe vdes bashkë me kohën e territ.

Die Legende von Shota

DER DRIN:
Heb die Hand, Shota, und reiß die
locker haftenden Wurzeln aus
bevor es in den Ästen gärt
bevor dein Mann
schwarze Oliven vom Meer mitbringt!
Tausend Wellen und Strudel warten
eine Brücke unter deinem Körper zu werden:
spring in den Drin!

SHOTA:
Mein Herz ist zwiegespalten
zwischen zweierlei Welt
zwischen zweierlei Zeit
zwischen zweierlei Geschmack:
Wasser und roter Wein.

Bin keine Heldin und habe doch in der Brust
zwei Herzen voll zwiefältiger Wünsche
und wenn die Nacht naht
habe ich kein einziges
und falle auf das Lager aus weichem Gras
und sterbe mit der Zeit der Dunkelheit.

Në mëngjes, kur zgjohem,
shoh bujqit e natës të ndrydhun
prej peshës së korpit tim e më dhimben
sa bimët ujce në gjiun e Drinit.

BURRI:

Grue, yt shoq për së largu t'ndien
ty të sjellun kah Drini.
Hiqu atij plak me ballë të premë!
Ai s'asht Drini i vjetër me këputë
të bardha për rrugë, pa u ndalë!
Hiqu asaj hije e më prit!

Shota apo Floqka, si e quejnë banorët e rrjedhës së poshtme të Drinit, asht si mbas besimit popullor lloj Ninfe në pamje grueje shumë të bukur. Tregojnë se një burrë i asaj ane e zuni Shotën të xhveshun buzë Drinit tue u rrezitë në diell. I mori këmishën e ndemun pranë pa të cilën nuk mund të kthente ma në ujë dhe e martoi përdhunë. Si mbas gojëdhanës Shota, ndonëse e dashunonte burrin me të cilin kishte edhe fëmijë, jetonte shpirtnisht ndërdyzash mes gjallnesës mbi dhé e mallit të shpellave të ujit në Dri.

Am Morgen wenn ich erwache
sehe ich die Nachtgrillen zerquetscht
von der Last meines Körpers
und meine Seele hängt an ihnen
wie an den Wasserpflanzen im Schoßdes Drin.

DER MANN:
Frau, dein Mann spürt dich von weitem
wie du dem Drin zugewandt bist.
Fort von dem Alten mit der gespaltenen Stirn!
Das ist nicht der alte Drin
weißbesockt rastlos unterwegs!
Fort von dem Schatten und wart auf mich!

Shota oder Floqka [= Nixe mit sehr langem Haar], wie die Bewohner des Unterlaufs des Drin sie nennen, ist nach dem Volksglauben eine Art Nymphe von wunderschönem Aussehen. Die mündliche Überlieferung berichtet, daß ein Mann die entkleidete Shota fing, als sie sich am Ufer des Drin sonnte. Er raubte ihr das Hemd, ohne welches sie nicht ins Wasser zurückkehren konnte, und zwang sie, ihn zu heiraten. Wie die Legende weiß, lebte Shota, die ihren Mann liebte und von dem sie auch Kinder hatte, seelisch hin- und hergerissen zwischen der Existenz auf der Erde und ihrer Sehnsucht nach den Wasserhöhlen im Drin.

Lutje për foshnjen në gjumë

Motiv arbresh

Kurmthi bie si fryt
nën hijen e shpirtit të vet.

Mbi murin e dritës përballë
asht nji pllumb i bardhë.

Ti që nuk fle,
mos e le pllumbin me fluturue
përtej murit të dritës
larg kurmthit që fle.

Fryja gjijtë s'amës që i njomin
foshnjes buzët n'agim.

Spruch für das Kleine im Schlaf

Albanisches Motiv aus Italien

Das Würmchen fällt wie eine Frucht
in den Schatten der eigenen Seele.

An der Mauer gegenüber, der Schwelle des Lichts
eine weiße Taube.

Die du nicht schläfst
laß die Taube nicht fliegen
nicht jenseits der Lichtmauer
nicht fort vom Kleinen das schläft.

Schwelle den Busen der im Morgenrot
die kleinen Lippen tränkt.

Nji ditë vape

Aty mbi trungun e lisit, vra rrufeje,
ku plasi gjingalla
u shue tingulli shurdhues.

Dielli djeg mjedrat në rogë,
blegtores i dhemb kryet e dridhet
qielli i varruem prej halavet t'prehta.
Po bie shi mbi kreshta:
nji pikë këtu,
nji tjetër atje, nji në krye,
nji në sy e tri në gurë.

Dhe u plasarit reja si rrëshiq
e kullon ujë ndër flokët e grues,
parzmit e deri në vithe:
dhimba shkrihet si bora e re
e i kërkon shtatin dheut.

Ein glühend heißer Tag

Dort auf dem Stamm der Eiche
vom Blitz zerschmettert
die Zikade
das Zirpen erstirbt.

Sengende Sonne auf den Beeren der Lichtung
dem schmerzenden Kopf der Frau
und es zittert der Himmel
von spitzen Fichten zerstochen.
Und dann – Regen
er fällt auf die Wipfel:
Ein Tropfen hier,
einer dort, einer auf den Kopf
einer ins Auge und drei auf Stein.

Und wie ein Weinschlauch
platzt und splittert die Wolke
und Wasser rinnt durch das Haar der Frau
über die Brust auf die Lenden:
Das Leiden schmilzt wie taufrischer Schnee
und durchdringt die Erde durch und durch.

Gjumi mbas shtegtimit

Flakëza e qiriut zen bebzat e syve
e flutura lëshon ravën e drejtë
në fluturim mbi tryezë.
Nji za i bardhë kapet për tesha
e i shkyen si res-keqja
e bie mbi gurë me flatra të palueme:
ana e jetës mbytet në langun e qiriut
mbas syve të mij.

Schlaf nach langem Gehen

Das Flackern der Kerze blendet
und der Schmetterling hinterläßt eine gerade Spur
beim Flug über den Tisch.
Eine weiße Stimme packt die Kleider
und zerreißt sie wie schwarzer Neid
und fällt auf Stein mit reglosen Flügeln:
ein Teil des Lebens versinkt im Saft der Kerze
hinter meinen Augen.

Dy brezni

Im atë ishte
burrë me pamje të trishtë,
dru ullini pa fletë
me kokrra të zeza në çdo degë.

Fjala i jehonte ndër ne
shungullueshëm
as me qenë ulurimë ujku t'unshëm
ndër karma, vetëm.

Im vëlla zuni
vendin e tij,
im vëlla kambë-zdathë
– murrla i kuq n'orizont –

i fryn zjarmit në vjeshtë
me plot bulshij
e të gjitha shkëndijat i bahen
djelm.

Generationen

Vater
ein Mann voll Schwermut
Olivenbaum ohne Blätter
voll schwarzer Kugeln an jedem Ast.

Sein Wort hallte in uns
sich brechend
und war wie das Geheul
des hungrigen Wolfes
im kahlen Fels, allein.

Mein Bruder rückte
auf seinen Platz
mein Bruder
barfüßig
– ein Sturmwind am Horizont –

und bläst im Herbst ins Feuer
mit vollen Backen
und alle Funken werden
Söhne.

Dita e gjyqit

Fytyra të njoftuna mbas flakës
të fundit të ferrit tri orë
ndër sy.
Mandej u shkye orteku!
Currat u shkoqën vendi
e i plasi dheut zemra e kuqe:
ishte moti i ri.

Atë vjetë gratë s'i nxenë ma gjijtë
te votra e u veshën në zi.

Tag des Gerichts

Bekannte Gesichter hinter dem Flackern
von Fegefeuer drei Stunden
in den Augen.
Dann brach die Lawine los!
Felsen herausgeschleudert
und das Herz der roten Erde platzt:
das Neue Jahr!

Dieses Jahr wärmten die Frauen
die Brust nicht mehr
am Feuer und sie legten Schwarz an.

Dallëndysha

Krahët e zez i rrah
mes flokëve të borës
mbi alpe dallëndysha
mërguese e vonueme
për Jug.
Lufton me flatra gjethi
të vjeshtës së vonë
kundra rrymave t'erës
kah qafa ma e naltë.

Çdokush ka dy shtigje para
e dallëndysha nji:
me u ba e bardhë.

Schwalbe

Schwarze Flügel
inmitten von Schneeflocken
in den Alpen
die Schwalbe
auf verspätetem Zug
gen Süden.
Mit Flügeln wie Laub
des Spätsherbstes kämpft sie
gegen wirbelnde Winde an
dem höchsten Paß entgegen.

Jeder hat zwei Wege vor sich
und einen nur die Schwalbe:
weiß werden.

Bukë-vala e re

Para dy shpive ballë për ballë
në fundin e katundit mbi det
lodrojnë djelm e vashëza
me rrotulla dielli n'prendim.

Te dera plaka tregon
për arin e kallëzve
vjetmirë
e brumin e ngjeshun,
bukë-valë në rritje
me gjijtë e vajzave
n'lëvizje.

Mise trupore të brishta
lojtaresh
nguliten në diell e shkrihen
n'vizatime paleolite.

Frischer Fladen

Vor zwei Häusern
eins gegenüber dem anderen
am Ende des Dorfes über dem Meer
spielen Jungen und Mädchen
mit Sonnen-Bällen im Untergang
der Sonnenscheibe.

An der Tür erzählt die Alte
vom Gold der Ähren
der guten Jahresfrucht
und dem gekneteten Teig;
Fladen wachsen
wachsen
wie sich die Brüste der Mädchen bewegen.

Die zarten Körperzüge
der spielenden Mädchen
heften sich vor die Sonne und verschmelzen
zu paläolithischen Zeichnungen.

Hija e gështejës

Hija e gështejës ia mbulon vorrin
ma e randë n'mendim
se rrasa e shkambit mbi të.

Me të asht fryma që më fali
te shpia e re në mal:
amza e arkës së kalbun
përqeth mishin e mishit të saj.

Nji botë e tanë,
nji grusht eshtna ma të bardha
se lulet e borës tue hapun sytë
atje,
n'pranverën e vonë.

Der Schatten der Kastanie

Der Schatten der Kastanie auf ihrem Grab
scheint schwerer zu lasten
als die Platte aus Fels darauf.

Darin ist der Atem den sie mir schenkte
im neuen Haus am Berg: der Geruch des morschen
    Schreins
jagt Schauder über das Fleisch ihres Fleisches.

Eine ganze Welt –
eine Handvoll Knochen, weißer
als Schneeglöckchen daran Knospen aufgehen
dort oben
im späten Frühling.

Ajo erë

Ajo erë than lotët ndër sy
trumcaku, urryes
pluhni e resh kemi n'tempull.
Ngashrimi kur dheu u shprish
thërmia mbi ftyrën e tij
u kap te gryka e vorrit
me amzë qiriu deri n'qiell.

Kur sosi çdo gja
na u përzien ndër duer
veprat e dorës së tij:
ngjyra e tyne humbi bardhsinë.

Jener Wind

Jener Wind trocknet die Tränen im Auge
des Spatzen, des
Staub und Wolken von Weihrauch im Tempel
hassenden Spatzen.
Die Ergriffenheit als die Erde
auf seinem Gesicht zerbröckelte
stieg am Rande des Grabes
mit einem Geruch nach Kerzen bis in den Himmel.

Als alles zu Ende ging
vermischten sich in unseren Händen
die Werke seiner Hand:
Ihre Farbe verlor das Weiße.

Andrra e fëmijës ndër ski

Flen veshë e ngjeshë ke votra
në pritje.
Dimni tinzar i vodhi skitë
e shket brijave me to flutrim
mbi lisa me orë
pa ra nji herë mbi borë.

Fejtë e akullit pëlsasin
nën brijtë e dimnit tue ra
mbi shtroje n'mëngjes

e dielli zhytet si gurë n'ujë
mes breshnizës t'pjalmit.

Traum

Gestiefelt und gespornt schläft er am Feuer
wartend.
Der heimtückische Winter stiehlt ihm die Skier
und gleitet mit ihnen an Hängen wie im Flug
über die Bäume
Stunde um Stunde
ohne auch nur einmal
in den Schnee zu fallen.

Die Eiszapfen zerspringen
unter den Rippen des Winters und fallen
am Morgen auf die Decke

und wie ein Stein im Wasser taucht die Sonne unter
im Schneetreiben.

Nji libër në pergamenë

Mendimet ranë shkokrrueshëm
prej pergamenës mes gishtave
për tokë e u banë copë-copë.

Gjithkund ish natë e dola
sy-hapë n'dritare
a mos u trand nga krizma dheu.

Qyteti milionësh shtrihej në gjumë
i mbështjellun në mjegull.
Në mjedis shndriste tempulli
i librit n'pergamenë – biblioteka –
me fekse idesh madhështore
në ballin e gjanë të shekullit.

Ein Buch aus Pergament

Die Gedanken kullerten ausgekörnt
vom Pergament zwischen den Fingern
zu Boden und zersplitterten.

Überall war Nacht und ich ging
gespannt zum Fenster
ob nicht unter dem Geprassel die Erde bebte.

Die Millionenstadt lag im Schlaf
eingehüllt in Nebel.
Mitten darin strahlte der Tempel
des Buches aus Pergament
mit dem Widerschein großer Ideen
an der breiten Stirn des Jahrhunderts.

Sosja e vetmisë në vapën e ditës

Vapa m'zuni te rranxa e qytetit
në shkamb që sos me pallat në maje.
Vetmia shkallave guri ngreh hap mbas hapi
korpin me avull përpjetë
e nuk mbaron kurr.

Qentë mbas dyerve gërvishtin drunin
e ciasin për t'i lirue dikush kërcllatjesh
telash të ndryshkun në shtrat.
Në mende të pangjashme përlyhen
linjat e ndeme për m'u terë n'ballkone
kryq e tërthoraz.

Shì në maje, te pallati i lashtë,
vetoi ndër rreze faculeta e bardhë
në krye të saj
e krisi nji hap grueje n'shkamb
me jehonë në parzmin tim.

Ende der Einsamkeit in der Hitze des Mittags

Stechende Hitze am Fuß der Stadt
im Fels den ein Palast auf der Spitze krönt.
Die Einsamkeit auf den Steintreppen schleppt Schritt
um Schritt
den dampfenden Körper hinauf
und endet nie.

Die Hunde hinter der Tür kratzen am Holz
und heulen damit sie jemand befreit
vom Quietschen rostiger Drähte im Bett.
In schamlosen Gedanken befleckt sich das Leinen
das zum Trocknen auf Balkonen hängt
kreuz und quer.

Ganz oben, beim alten Palast
blitzte strahlend das weiße Tuch
auf ihrem Kopf
und der Schritt der Frau knallte auf dem Felsen
mit einem Echo in meiner Brust.

Katund i lanun mbas dore

Katund i lanun mbas dore
mbas shpine të dheut
me shpi e rrugza që sosin
në timba.

Mbrendë të vjetrit ndezin
mbramjeve zjarme në hinin
e stërdjegun. Hana
mbasi të ketë prendue gjithkund
ndalet pakëz në dritare
e kuvend me njerëz të frikës
prej syni të keq.

Gottverlassenes Dorf

Gottverlassenes Dorf
hinter dem Rücken der Erde
mit Häusern und Gassen
die in Felsen enden.

Drinnen entzünden die Alten
Abend für Abend Feuer in verbrannter und
abermals verbrannter Asche. Nachdem
der Mond
überall untergegangen ist
bleibt er ein bißchen am Fenster stehen
und redet mit Menschen die sich fürchten
vor dem bösen Blick.

Hylleshë e natës verore

Linde tek dheu i ngushtë
me tre ullij:
andej u këpute e erdhe
ndër njerëz
te buza e ujnave të pafund.

Nata verore e bukur sa ti
përgdhel hijen e ballit,
sjellë kah deti pa dritë.

Venus, Stern der Sommernacht

Geboren an einem Streifen Fels
mit drei Ölbäumen:
stiegst von dort herab und kamst
unter die Menschen
an der Lippe der unendlichen Wasser.

Die Sommernacht in solcher Schönheit
wie du
streichelt den Schatten der Stirn
zugewandt dem Meer ohne Licht.

Asht nji qytet i vjetër

Palermo 1968

Asht nji qytet që mbiu heret
në gjijet e shkambit
dhe s'e ndien praninë e detit.
Ka sy të lodhun, të prirun
kah gjymtyrët e veta
të djeguna nga dielli i kulluem
ndër ujna të njelmë si gjak.

Asht nji qytet i vjetër
me gishta palmash të reja në qiell
e me nji turmë zanesh njerëzore
pa jehonë, në çdo skaj, gjamë
e pakëputun ç'prej se lindi
deri tash.

Eine alte Stadt

Palermo 1968

Eine Stadt die aus früher Saat
emporschoß im Schoß der Felsen
und nicht die Meeresnähe spürt.
Die müden Augen hat sie unverwandt
auf ihre Glieder gesenkt
die versengt sind von filterklarer Sonne
in Wasser salzig wie Blut.

Eine alte Stadt
junge Palmenfinger im Himmel
ein Gewirr menschlicher Stimmen
echolos in jeder Ecke, Totenklage
unablässig von Geburt an
bis jetzt.

Rojtari i muzeut nacional

Ndër bebza ka gdhendun fytyra
guri rilindësish
varg mbi lëpiza si mbas kohe.

Në rrugë i digjen në tru
fytyrat çdo mbramje
nga rrezet e sprasme
ndër qelqe dritaresh.
S'dallon as faqen e malit përballë
e ec tue prekë me shkop.

A thue i verbët?

Der Museumswächter

Eingemeißelt in seinen Pupillen die steinernen
Gesichter der Klassiker
in Reih und Glied chronologisch in Regalen.

Auf der Straße brennen die Gesichter
in seinem Gehirn
jeden Abend
von den letzten Strahlen
in den Fensterscheiben.
Er erkennt nicht einmal die Fläche des Berges gegenüber
und geht mit einem Stock tastend.

Blind?

Zgjimi i poetit

Ulet balli e prek zemrën e lules
e çelet nji botë e tanë
para tamthave të kunoruem mbi nji lëter
resh të ngjyeme në diell.
Qelqi n'mermer shkëlqen
para dy lulesh në rremb dhe frytit
me nji bërthamë ari mjedis.

Poeti tret në pusin e pafund
të ngjyrave si grunë e si diell.

Das Erwachen des Dichters

Die Stirn neigt sich und berührt die Blüte im Innersten
und es öffnet sich eine ganze Welt
vor den bekränzten Schläfen über einem Altar
aus Wolken im Farbbad der Sonne.
Das Glas auf dem Marmor strahlt
vor zwei Blüten am Zweig und der Frucht
mit einem Kern aus Gold darin.

Der Dichter verliert sich im bodenlosen Brunnen
der Farben wie Weizen und wie Sonne.

Në shtëpinë e lashtë e të lëshueme

Në shtëpinë e lashtë e të lëshueme
erëtim ngjyre rraqesh të përmykuna
i mori pafajninë
petkut të vjetër të nusisë.

Dhe teja iku drunit
dhe mbeti mallëngjimi i shkurtë
mbi krahët e fluturës së thame
dhe nji përvlim mushknish
të shueme në melodinë pranë kaminit
të qindvjetit mbas nesh.

Im alten und verlassenen Haus

Im alten und verlassenen Haus
Geruch der Farbe von schimmligem Zeug
die Unschuld nahm er
dem alten Brautkleid.

Und der Wurm floh aus dem Holz
und es blieb eine kurze Wehmut
auf den Flügeln des erstarrten Schmetterlings
und ein Versengen von Lungen
erstickt in der Melodie am Kamin
des Jahrhunderts hinter uns.

Gjarpijt e zez

Motiv arbresh

Në driza janë gjarpijt e zez
e ti je e xhveshun nën diell.
Në driza janë gjarpijt e zez
e rrijnë buzë në buzë
e rrijnë buzë në buzë,
e jeta e tyne asht e bardhë,
e bardhë e bardhë nën diell,
e jeta e bardhë e bardhë,
nën diell e bardhë, e bardhë.

Mjaltëzat lagin me mjaltë
gurzit e prrojeve të thata.

Schwarze Schlangen

Italoalbanisches Motiv

Im Dornbusch sind schwarze Schlangen
nackt liegst du unter der Sonne.
Im Dornbusch schwarze Schlangen
Lippe auf Lippe
Lippe auf Lippe
ihr Leben ist weiß
ist weiß ist weiß unter der Sonne
ihr weißes ihr weißes Leben
in der Sonne weiß, weiß.

Die Bienen netzen die Steine
trockener Bäche mit Honigtropfen.

Fatkeqësi rrugore

Plasi sirena shungullueshëm
përmes qytetit milionësh!

Mordja udhëton bregut teposhtë
në nji auto të lashtë me drita
të fikuna

e mbi qinda ura tela të ndezun
flakë.

Verkehrsunfall

Plötzliches Aufheulen der Sirene
mitten durch die Millionenstadt!

Der Tod fährt den Hügel hinab
in einem alten Auto und hat die Lichter
gelöscht

und auf hundert Brücken Drähte lichterloh
entflammt.

Hoqa fletën e librit të parë

Hoqa fletën e librit të parë
prej faqes sime dhe mbetën fjalë të paemën.

Dola jashtë e ndeja në shqimthin e derës
dhe vrejta fiqtë e hindit me ferra
në vjeshtën time.

Shpirtënt e rinisë larg korpit endeshin
me fleta gjethi pa pushim shullajeve.

Ich zog das Blatt des ersten Buches

Ich zog das Blatt des ersten Buches
von meinem Gesicht und es blieben
namenlose Worte.

Ich ging hinaus und saß an der Schwelle der Tür
und besah die stachligen Feigen der Kraft
in meinem Herbst.

Die Geister der Jugend – weit fort
    vom Körper – wirbelten
mit Blättern von trockenem Laub unermüdlich
    an sonnigen Hängen.

Mosha e qenit apo ditëlindja

Kremtuen gjithnatën i ri e i vjetër
kohën që vdiq e vrame në mue.
E thanë: askush s'do të lypi gjak
për të.

Ajo nuk ishte festë, por drekë!

Në mëngjes mbas dere qentë
me sy keqardhës e të butë
nuk pritshin eshtna, por mue
me u nisë me ta shtigjeve bri lumit
teposhtë.

Geburtstag oder alter Knochen

Sie feierten die ganze Nacht lang
jung und alt
die Zeit die erschlagen in mir starb.
Und sie sagten: niemand fordert von dir Blutzoll
dafür.

Das war kein Festmahl, sondern ein Leichenschmaus!

Am Morgen hinter der Tür
die Hunde
mit mitleidigem und sanftem Blick
warteten nicht auf Knochen sondern auf mich
daß ich mit ihnen die Pfade am Fluß
hinuntersteige.

Simbioza

Humbi gjatësia e lumejve
në kanalin e qytetit milionësh.
Uji ushton për nën beton e grihet
me bishën e egër të befasueme në strofull:

mbasi ta ketë mbytë njeni shoqin,
heshton gjithçka.

Njerëzit enden aleve me lule
parqeve në blerim
e çdo njeni sish asht dhéas.*

* Vendas, jo i huej.

Symbiose

Die Länge der Flüsse ging unter
im Kanal der Millionenstadt.
Das Wasser donnert unter dem Beton
und zerfleischt sich im Kampf mit der rasenden Bestie
aufgeschreckt in ihrem Bau:

und haben sie einander umgebracht,
schweigt schon alles.

Die Menschen bummeln auf allen Alleen mit Blumen
durch grünende Parks
und ein jeder von ihnen ist heimisch*
auf diesem Boden.

* einheimisch, nicht von fremdem Boden

Deti anmik

Deti bar gjithçka, thanë të vjetrit,
me erë prore m'nji krah
dhe pisha e pemë frytore në nji anë
i lakoi përdhé.
Na, banorët e lashtë,
domi mirë tokën. Edhe gjingallave
të plasuna vape te rrajët e pishave
u vjen era rrëshinë e jo det.

Edhe fryma e zotave
u fsheh në gurë e jo në detin
e njelmë! Fiqtë e ambël,
buzë-përgjakun u bien mbi krena
flijim.

Feindliches Meer

Vom Meer kommt alles mögliche
sagten die Alten
mit dem Wind der dauernd von einer Seite bläst
und Pinien und Obstbäume auf einer Seite
zu Boden drückte.
Wir, die Bewohner von alters her
lieben die Erde. Auch die Zikaden
zerplatzt in der Hitze an den Wurzeln der Pinien
riechen nach Harz und nicht nach Meer.

Auch der Geist der Götter
verbarg sich im Stein und nicht im Meer,
dem salzigen! Süße Feigen
blutrotgelippt fallen auf ihre Häupter
als Opfer.

Frika prej dimnit të gjatë

Mëngohen ditët e bora resh
livadheve të lanuna shkret.
Egërsina ndër alpe kërkon shpëtim
në zgavra.

Çdo udhë niset për Veri
e mbaron në mjegull.

S'due me qenë si moti i lig,
i vramë në shpirt
e me gjallnue me plagë të mbulueme
nën njiqind lëkura.

Angst vor dem langen Winter

Die Tage nehmen ab und Schnee rieselt
auf verödete Wiesen.
Das Wild im Gebirge sucht Rettung
in Steinhöhlen.

Jeder Weg geht nach Norden
und endet im Nebel.

Ich will nicht sein wie schlechtes Wetter
in der Seele wie abgestorben
und nicht leben mit verdeckten Wunden
zugedeckt
unter hundert Häuten.

Larg atyne që flasin si unë

Fishkllim ere ndër shelqe të ngime
me ujna prrojesh
veshtoj, te zanafillja, truemje
se si i falen dreqit shpirt e korp,
be të forta
mbi gurë, qiell e dhé.

Jam larg atyne që flasin si unë
sa hana që bie prej rrezje në rreze
e pi qumësht n'vedra lanun jashtë
për me vu mazë.

Hutini i shkambit n'agim
dhe guri n'ujë përpijnë tingullin
e kuvendit të keq: n'agim
njeriu bekon diellin si unë!

Weit fort von ihnen

Wie Zischen des Windes zwischen den Weiden
die satt sind vom Wasser der Bäche
höre ich, vor Zeiten, Verwünschungen
wie sie dem Teufel Leib und Seele vermachen
schauerliche Schwüre
beim Stein, Himmel und Erde.

Ich bin weit fort von denen die reden wie ich
so weit wie der Mond der von Strahl zu Strahl fällt
und aus Steintrögen Milch trinkt
die draußen steht Rahm anzusetzen.

Der Steinkauz im Morgengrauen
und der Stein im Wasser schluckt den Klang
der Verdammung: Im Morgengrauen
segnet der Mensch die Sonne wie ich!

Grueja me mëngji

Nësa ishte e re e me burrë
fëmija i thithën palcën e eshtnave:
tash i bien dhambët nji nga nji prej goje.
Pavëmendshëm në kalim
ia shtrydhin gjurmën e teshtijnë
të bijtë
për të mos i ndëgjojnë vajin.

Grueja s'e përdori mëngjinë
me ngrehë një kështjellë në det me hala peshku
dhe alga
e me ndejë e ndritun në shkamb ari,
pa të bijtë.

Die Frau mit Zauberkraft

Als sie jung und mit ihrem Mann war
saugten ihr die Kinder das Mark aus den Knochen:
Jetzt fallen ihr die Zähne einer nach dem anderen
aus dem Mund.
Unachtsam im Vorübergehen
zerquetschen ihr
die Söhne
die Spur und niesen
um ihr Klagen nicht zu hören.

Die Frau gebraucht den Zauber nicht
ein Schloß im Meer zu bauen mit Gräten
und Algen
und leuchtend auf goldener Felsbank zu thronen
ohne die Söhne.

Kallnori apo vetmia

Dhé, brej e bjeshkë randue me borë
e hej akulli.
Bisha n'krahnor e zanun
rri ngusht e fle pa gjurmë përmbas
me kthetra kthye në lëkurë
nën mish.

Gardhi i rrëzuem mbi shteg
e qafa malesh përreth
të mbylluna me dhambë ujqish
në jerm.

Harter Monat oder Einsamkeit

Erde, Fichte und Bergweide beladen mit Schnee
und Kerzen aus Eis.
Das wilde Tier im eigenen Brustkorb gefangen
kauert sich zusammen und schläft
ohne Spur hinter sich
die Klauen in die Haut gekrallt
unter das Fleisch.

Ein Zaun eingestürzt auf dem Weg
und die Nacken der Bergpässe
ringsum
versperrt von Wolfszähnen
wie irr.

Rrëfimi i heroit

Kambët më mbetën në borë e gishtat më ranë
tue lypë nëpër akull
zemra që i ruhen frymës së diellit.
Kryet ia fala vendit e zanin propagandës
për nji *alibi* të qëlluem e të përsosun.

Në rrafshinën e akujve qëndroj ndër furq
me balçmin e përjetshëm në zgur e hija

më kapet në qiell mbas kthimit të diellit
përmbas shtatores sime në sheshin e kryeqytetit.
Çka jam unë tjetër? Nji pikë në protokol.

AUS DEM ZYKLUS »ALTE LIEDER«

Der Held beichtet

Meine Füße blieben stecken im Schnee
die Hände fielen mir ab
auf der Suche im Eis
nach Herzen die sich hüten vorm Atem der Sonne.
Den Kopf schenkt' ich dem Land und
    der Propaganda die Stimme
für ein Alibi – stichfest und perfekt.

Auf dem Plateau der Eismassen steh' ich
    zwischen Zacken
mit dem ewigen Balsam im Schotter und mein Schatten

reicht in den Himmel nachdem die Sonne zurückkehrt
hinter mein Standbild auf dem Platz der Hauptstadt.
Was bin ich denn sonst? Ein Punkt im Protokoll.

Tregim i thjeshtë

Due me fluturue mbi bjeshkë me pëllumba,
i thashë tim vëllau gjak-nxehtë.
»S'asht ajo punë për ne!«
S'kuptove, i thashë, due me shkue ndër këndime.
»Latinishtja – tha – s'asht punë për ne:
mëso gjuhën e gjarpnit ma parë!«

Im vëlla gjak-nxehtë,
gjashtë vjeç dinte me e ngulë fluturimthi
bizin në dhé,
dhetësh – tri pëllambë mbi krye thikën
në drunin e njomë. Si ma njofti menden
befas nisi të pleqnojë e tha:
»Dy duer na jemi e nji krye, po i ndajmë na punët:
unë shpatën – ti pendën!«

Einfache Geschichte

Ich will über die Berge fliegen mit den Tauben,
sagt ich meinem Bruder
heiß war sein Blut.
»Keine Sache für uns!«
Du verstehst nicht, sagt ich, ich will zum Lernen,
    Studieren.
»Latein – sagt er – ist unsre Sache nicht:
lern die Sprache der Schlange zuerst!«

Mein heißblüt'ger Bruder
konnte mit sechs im Handumdrehen die Ahle
in den Boden bohren,
mit zehn – drei Spannen überm Kopf das Messer
ins weiche Holz. Als er meinen Verstand gewahrte
besann er sich plötzlich und sagte:
»Wir sind zwei Hände und ein Kopf, wir teilen
    die Sachen:
ich das Schwert – du die Feder!«

I shtruemun fatit

Kam lanë përmbas zamarën e blerë,
lëvore frashni,
për brrylat e nji karrige bungu.

Në vjeshtë dhuroj fryte, pjekë në verë,
dhe mbaj për vete
skaj buzës nji rrudhë,
ravën e gazit mbi vete e tjerë.

Dem Glück ausgesetzt

Ich habe die grüne Schalmei zurückgelassen
die Eschenrinde
als Armlehne eines Eichenstuhls.

Im Herbst schenk ich Früchte, sommergereift,
und behalt für mich
am Lippenwinkel eine Runzel
die Spur des Lachens über mich und andere.

Rilindje

Dielli heret depërtoi ndër dej!
Si mbas nji cipe të hollë mendimi
e ndriti rrugën tonë nga lindja
e këndej.

Erdhi koha e zgjimit!
Nji rreze e vetme përpara
mbi mur
ndriti dhena t'panjehuna përmbas,
mungullim bimësie e filiza shum
me krena gacash përmaje: rreziqe!

Wiedergeburt

Die Sonne
früh in die Adern eingedrungen!
Wie hinter einer hauchdünnen Haut
leuchtete der Gedanke
auf unseren Weg von der Geburt
bis hierher.

Und dann – die Zeit des Erwachens!
Vor uns ein einzelner Strahl
über der Mauer
beleuchtete ungezählte Gegenden hinter uns
ein Keimen und Sprießen und Aufschießen
mit glühenden Spitzen darüber: Gefahren!

Përbindshi

Ishte nji latrac dje e sot
me të lanë pamend:
pa kambë e krye,
me gërmaz përmaje,
përpijës gjellnash e pije
sa i tanë nji vend.

Ishte nji rreth dje e sot,
nji pjastër dy faqesh:
në njenën nji thes
e në tjetrën – grykë e hapun,
shpella e ariut, e pafund!

Das Ungeheuer

War ein Wanst
gestern
heute –
nicht zu fassen:
kein Fuß kein Kopf
eine Gurgel obenauf
verschlingt und schluckt soviel
wie ein ganzes Land.

War ein Kreis
gestern
heute –
ein Piaster mit zwei Seiten:
auf einer ein Sack
und auf der anderen – ein offener Schlund,
die Höhle des Bären, bodenlos!

Vend i thyeshëm

Fiseve poshtë rreth Drinit

Mes malit Molç e Qerretit
hapet humnera deri në lumë:
si të kish qenë ajo liqe
n'barka druni palnje ishim endë
mbi të, jeremi.

Kishim ditë përmenç
emna peshku t'ambël e jo
shpendësh rrëmbyes e bimësh
t'egra.

Edhe drita e synit e kaltër
do të ishte e jo e zezë.

N'ujë kishim notue
e jo në re.

Brüchiger Ort

Den Stämmen unten am Drin

Zwischen dem Berg Molç und Qerreti
klafft eine Schlucht bis hinunter zum Fluß:
wie wär's, wäre er ein See
in Kähnen aus Ahornholz trieben wir dann
auf ihm, weit und breit allein.

Auswendig wüßten wir
Namen köstlicher Fische und nicht
die von Raubvögeln und rauhen
Pflanzen.

Auch würde das Auge blau
leuchten und nicht schwarz.

Im Wasser würden wir schwimmen
und nicht in Wolken.

Shkushullim

Kush iu kujtue territ
që bie në luginë mbas fikjes së yjve
para agimit?
Shkatrruesi i vetes, nji krip-bardhë
e gjeti se koha e mungët
mes dritave
i hyn për palcë gurit
dhe ashtit njerëzor.

Terrin mes dy dritave
s'e duron ylli që shkoqet,
as njeriu.

Trostlosigkeit

Wem fiel die Finsternis auf
die ins Tal stürzt nach dem Erlöschen der Sterne
vor dem Morgengrauen?
Der Zerstörer seiner Selbst, ein Weißgewordener
fand daß die düstere Zeit
zwischen zwei Lichtern
bis aufs Mark in Stein
und Menschenknochen dringt.

Das Dunkel zwischen zwei Lichtern
erträgt weder der Stern der abreißt
noch der Mensch.

Skulpturë me sy krype

Mjekër-pakrehun plak
dhe i shkujdesun me qafë të vjedhun
atleti

shikon përmes dy kokrra krype
në largësi
dhe hana as dielli s'u ndalën
nji timtë, dy tri mijë vjet,
në shtegun e prendimit
me i ndritë.

Standbild mit Salzaugen

Wirrbärtig, alt
und teilnahmslos
mit dem gestohlenen Hals eines Athleten

sieht es durch zwei Körner Salz
Weiten
und Mond und Sonne blieben
keine Sekunde stehen, zwei drei tausend Jahre
auf dem Weg des Untergangs
sie zu erhellen.

Fije mëndafshi

Fije mëndafshi n'ajër nxe
nga dielli i mbasditës
ndalen e rrijnë pezull
përmbi vetminë e dheut

mandej ulen e lodrojnë
ndër veti mashkull e femën
nëpër sende që ndryshe
nuk bien askurr në sy.

Në muzg kur ulet era
pushojnë fjollza fjollza
bardh, mbi thepa drizash
krahas me lule.

Seidige Fäden der Distel

Seidige Fäden in der Luft
heiß von der Nachmittagssonne
halten ein und schweben
über der Einsamkeit der Erde

sinken dann und spielen
miteinander Mann und Frau
über Dingen die sonst
niemals auffallen.

In der Dämmerung wenn der Wind sich legt
ruhen die Fadenschwaden
weiß über Dornen
wie Blumen.

Djega e vjeshtës së dytë

Në lulimin e mbramë
drandofillja ndrroi bulzën
prej saj zbërthyen fletë vezake.

Njomza në vjeshtë, e shkurtë,
rrezja e fikun në sy të ligshtë
nuk ishin sendegja të trishta!

Djega e lashtë, egoiste,
vesë mëngjesi ndër gjethe t'zverdhuna
shkrihej me dyllin e tretun
dhe ulej ndër rranjë.

Brennen des zweiten Herbstes

Im letzten Erblühen
tauscht die Rose die Knospe:
Ovale Blätter treiben daraus hervor.

Der frische, kurze Trieb im Herbst
der erloschene Strahl in matten Augen –
nichts Trauriges!

Das alte, egoistische Brennen
Morgentau in vergilbten Blättern
ward eins mit geschmolzenem Wachs
und sank in die Wurzeln.

Vrasja e poetit

Liria e fshehun mbas vargjeve
të poezisë
nuk ishte vetëm:
para tyne rrishin galuc roje
shpend mishngranës
me fytyrë njerëzore.

E ti ishe për ta nji bletë
tue u rropatë ka drita në qelq,
andej kufijve të botës
njerëzore.

Ermordung des Dichters

Die verborgene Freiheit hinter den Versen
der Poesie
war nicht allein:
Vor ihr kauerten Wächter
fleischfressende Vögel
mit Menschengesichtern.

Und du warst für sie eine Biene
die sich dem Licht im Glas entgegenmüht,
jenseits der Grenzen
der Menschenwelt.

Ishulli

Çdo hymje n'ishull u mbyll
spitali dyer hekuri u mbyll
e çmendorja për qen, pranë.

Përmbas horizontit – heshtimi,
mes flokësh kaçurrela resh
zbardhen sy qeni
në suazën e veshëve lopata.

Banorët e ishullit enden
shkushullueshëm
nëpër ishull sa nji qeth buke
në hartë
para qenit të sëmunë,
enden me vargoj qeni në dorë
dhe era u vjen djersë qeni.

Isolation

Jeder Zugang zur Insel geschlossen
geschlossen das Krankenhaus mit Eisentüren
und das Irrenhaus für Hunde, daneben.

Hinter dem Horizont – Schweigen.
Zwischen wolkenlockigem Haar
erscheinen Hundeaugen
eingerahmt von Hängeohren.

Die Inselbewohner streifen
trostlos umher
auf der Insel die so groß ist wie ein Brotschieber
auf der Landkarte
vor dem kranken Hund,
sie laufen einher mit Hundeleinen in der Hand
und riechen nach Hundeschweiß.

Tha i urti:
çdonjeni asht nji ngjyrë
e na hije në të
prej bardh deri n'zi.

Krymbi i mëndafshit

Fijet e bardha të mëndafshit ndahen prej zemrës së krymbit që vdiq vetëm në pallatin mbas malit. Asht koha e korrjeve: edhe ara xhveshet përpara dimnit plak e jo ma nusja përpara djalit të ri! Asht koha e pleqnimit më vete.

Nuk janë caqet që përcaktojnë kohën, por mosha e njeriut të urtë! Rëmimi fillon me nji gjalm dy ngjyrash: bardh e zi. Dhe ankohet i urti: askush s'më ndihu të shoh me kohë fillimin e sosjen e fijeve në gjalm e mbeta nën hijen e sendeve. Në vjeshtë kundrova besëlidhjen mes jetës e vdekjes prej punëvet të parëve mij që ruenin petkat e mira për mort dhe hynin në nji vorr brez mbas brezi:

Eshtna ndër eshtna ndër shtresa petkash të leshta!

Der Weise spricht:
Ein jeder ist eine Farbe
und wir Schatten darin
zwischen weiß und schwarz.

Die Seidenraupe

Weiße Seidenfäden lösen sich vom Herz der Raupe und sie stirbt allein im Palast hinter dem Berg. Es ist die Zeit der Ernte: Selbst der Ackerboden entkleidet sich vor dem greisen Winter und erst recht die Braut vor dem jungen Burschen! Es ist die Zeit, mit sich zu Rate zu gehen.

Nicht die Grenzpunkte sind es, die die Zeit abstecken, sondern das Alter des weisen Menschen! Das Ergründen-Wollen beginnt mit einem Band in zwei Farben: Weiß und schwarz. Und es klagt der Weise: Niemand hat mir geholfen, zur rechten Zeit Anfang und Ende der Fäden im Band zu sehen, und ich blieb noch unter dem Schatten der Dinge. Im Herbst erkannte ich das unverbrüchliche Bündnis zwischen Leben und Tod, erkannte es im Tun meiner Ahnen, die ihre guten Gewänder für den Tod aufbewahrten und in das eine Grab stiegen, Geschlecht um Geschlecht:

Gebeine zwischen Gebeinen zwischen Leinen geschichtet!

Gjarpijtë

Gjarpijtë u banë gur nën tokë për t'i qindrue dimnit. Shqarthi fle në bigën e shkambit e gjallnon me dhjamë të vet si shumica e njerëzisë që nuk i ngre sytë për të këqyrë si retë e vërshojnë dritën e hanës për të pru terrin mbi ne. Asht koha e pleqnimit më vete.

Edhe i urti rrëmbehet ndjesish apo nga frika? Ai ul kryet e thotë: e di se nuk jam vetëm, parandjenje, shpirt i lezëm si frika! Edhe kur lumi të ngrihet akull nën kambë, na do të qindrojmë aty te zanafilla. Zemra m'a ndien se nuk do të jem një zog që rrah flatrat vetëm një verë!

Die Schlangen

Die Schlangen wurden zu Stein unter der Erde, um dem Winter standzuhalten. Der Marder schläft in der Felsritze und lebt vom eigenen Fett wie jene Menge der Menschen, die nicht die Augen hebt, um zu sehen, wie die Wolken das Licht des Mondes überfluten, um Finsternis über uns zu bringen. Es ist die Zeit, mit sich zu Rate zu gehen.

Und der Weise wird von Gefühlen mitgerissen oder von Angst? Er senkt den Kopf und sagt: Ich weiß es, ich bin nicht allein, Ahnung, scheuer Geist, schauer-leicht wie Angst! Auch wenn der Fluß zu Eis unter den Füßen anschwillt, werden wir dort beim Ursprung ausharren. Mein Herz spürt, daß ich nicht ein Vogel sein werde, der nur einen Sommer mit den Flügeln flattert!

Zogjtë e mirë e zogjtë e këqij

Natën veshtuen zogjtë në terr si bymohet shtalpi i gjumit nën dhé. Me thoj e sqepa gërmuen në botë deri në dritë e në agim u ngjall pështjellimi i ideve ndër shpirtën kur panë çapojtë e përgjakun në mishin e huej!

Zogjtë e mirë që kishin fjetë u zgjuen dhe e zbuluen kërdinë me tmerrën e frikës në sy: u bindën si nata i kish bartë pezull kah drita pa gjak ndër duer! U gëzuen dhe fjalës ankth mandej drita e madhe ia ndërroi tingullin në gojë: të pafaj shikuen fytyrat e veta në ujin e kthjellët.

Die guten Vögel und die bösen Vögel

Nachts hörten die Vögel im Dunkel, wie der keimende Brei des Schlafes aufging unter der Erde. Mit Krallen und Schnäbeln gruben sie in der Erde bis zum ersten Tageslicht und im Morgengrauen – welch eine Verwirrung im Geist, als sie ihre Sporen sahen, blutüberströmt in fremdem Fleisch!

Die guten Vögel, die geschlafen hatten, erwachten und entdeckten das Blutbad, Grauen der Angst in den Augen: Sie wurden gewahr, daß die Nacht sie schwebend dem Licht entgegengetragen hatte, ohne Blut an den Händen! Sie freuten sich und das volle Tageslicht vrwandelte dann den Klang des Wortes Alp im Mund: Ohne Schuld erblickten sie ihre Gesichter im reinen Wasser.

Surretënt

Surretënt e qepun me sukuj zhgunash vërejnë kah lindja bardhësinë e agimit dhe i kap tmerra! Fshehin duert ndër arna e ulin mbulesën e kresë deri në sy, fare të turpnuem edhe prej vetes: sa të këqij!

Agimi lind fijesh të gojfilleve mbi karma dhe i zbulon poetit gjasende pa farë randësie as me qenë ato visare të ruejtuna nën hinin e moteve! I urti argëtohet e këndon.

Në vendet ma të nalta surretënt zbardhen para dritës, digjen në vetvete e bahen shkrum.

Dielli kullon fjalën prej çdo vështrimi të dyshimtë.

Die Vogelscheuchen

Die Vogelscheuchen, genäht aus Lappen und Lodenfetzen, beobachten ostwärts das erste Weiß des dämmernden Tages und es ergreift sie ein Grauen! Sie verstecken die Hände in den Flicken und ziehen ihre Kopfbedeckung bis zu den Augen, durch und durch beschämt über sich selbst: Wie sind sie doch schlecht!

Über den Felsen steigt der junge Tag herauf wie seidige Fäden der Silberdistel und offenbart dem Dichter Dinge ohne jede Bedeutung, auch sind es nicht etwa Schätze, bewahrt in der Asche der Jahre! Der Weise ist vergnügt und singt.

An den höher gelegenen Stellen verblassen die Vogelscheuchen im Licht, brennen in sich selbst und werden Asche.

Die Sonne reinigt das Wort von jedem zweifelhaften Sinn.

Hija

Dita u sos në një hije. E hija ngrohet mbas flakës së krandeve ndejë në karrigë të gdhendun në embleme të përfrikshme. Hija e ndame prej të gjitha agimeve pushon, thëngjill i zi pa zjarm. Hija s'ka shqise pos pamjen për dritat e ndezuna ndër shpella mbas ballit, zjarme mbas zjarmesh sa yj njeni mbas tjetrit: për dhunë e mendime të këqija!

Hija s'ka shqise, vetëm sy për vete!

Der Schatten

Das Ende des Tages war ein Schatten. Und der Schatten wärmt sich hinter dem Reisigfeuer und sitzt auf einem Stuhl mit fratzenhaftem Schnitzwerk. Der Schatten, streng abgeschieden von allem Morgenrot, ruht – schwarze Kohle ohne Feuer. Der Schatten hat keine Sinne außer dem Gesichtssinn, sieht nur Lichter in Höhlen hinter der Stirn entzündet, Feuer hinter Feuer – wie Sterne – eins hinter dem anderen: Gewalt und Schlechtigkeit!

Der Schatten hat keine Sinne, nur Augen für sich!

Koha e humbun

Udhëtari, njeri i thjeshtë, as tepër i urtë, as poet, ndezi zjarmin e fikun në hinin djegë e përdjegë në votër. Zgjoi tingujt e ujit prej gjumit e preku rrezet e diellit në syzit e bimës në dritare. Diçka ish ndalë në ajër e priste në heshtje si shpatë për të ra.

Vetëm atëherë u kujtue se koha nuk kishte kthye bashkë me të në plang.

Die verlorene Zeit

Der Wanderer, ein einfacher Mensch, weder sonderlich weise noch ein Dichter, entzündete das zu Asche verbrannte und abermals verbrannte Feuer im Herd. Er erweckte die Klänges des Wassers vom Schlaf und berührte die Strahlen der Sonne in den Knospen der Pflanze am Fenster. Etwas war in der Luft stehengeblieben und wartete schweigend wie ein Schwert, um niederzufallen.

Erst da fiel ihm auf, daß die Zeit nicht mit ihm zusammen zurückgekehrt war zu Haus und Hof.

Motive e mbrendi e »Njeriu më vete e me tjerë«

1. Motivet kryesore, për sa i përket lirikës, kanë ardhë gjithmonë prej shtytjevet të mbrendshme, don me thanë nga përjetimet vetjake. Për krijimet e mia lirike dhe letrare në përgjithësi kam qenë gjithnjë gjeloz: kam pyetë mendimin e disa njohësve të mirë (dhe miq) mbi poezitë e mia, por në fund kam bâ gjithmonë atë që ma ka marrë mendja e zemra ime.
2. Prej kombinimeve të ndryshme të rrethanave jetësore apo biografike dhe prirjeve psihike më kanë shty të shkruej këto motive:

   a) *Vetmia, frika* me qenë vetëm. Kjo ndije s'ka të bajë me izolim nga shoqnia: shoqni kam pasë e kam mjaft e cila ka qenë gjithmonë larg jetës së mbrendshme time. Ky ashtë një konflikt mes *hapjes* kah bota e jashtme e *ndrymjes në vetvete*.

   b) *Me ndrymjen në vetvete* janë të lidhun motivet, p.sh. »Nën hijen e sendeve«, »Nata e koncertit«, »Rojtari i muzeut nacional« e sa e sa tjera në lidhjen me tokën e mbulueme me borë (»Kallnori apo vetmia«) etj.

   c) Edhe motivi i *grues* lidhet me *vetminë*: disa e kanë interpretue si preferim të *sensualitetit*, por unë e thom se s'ashtë vetëm sensualitet, por diçka tjetër – komunikim me jetë, mjet për të dalë nga vetmia. *Zhgënjimi* në proceset e këtij kontakti dalin në »Gjarpni e grueja«, »Dreni plak«, »Legjenda e Shotës« etj. Për nevojën e saj flet »Çka i duhej Uliksit Itaka pa grue?«

   d) *Frika e të sosunit*, jo vetëm të jetës (krh. vdekja në përftyrimin e akullit në »Ai mal akulli ndan kohën«). Ardhja e fundit paraqitet në qetësi, me hapa të lehta (»Vdekje – krizëm«), por edhe në mënyrë teatrale, me zhurmë të shkundullimës ose të rrungajës (termetit).

   e) Motivi i *territ* apo dëshprimi në të cilin ndihet një kënaqje

Motive und Inhalt von »Njeriu më vete e me tjerë«[1]

1. Die Hauptmotive sind, was die Lyrik betrifft, immer von inneren Anstößen gekommen, von persönlichem Erleben. Über meine lyrischen und generell über meine literarischen Werke habe ich immer eifersüchtig gewacht: ich habe zwar die Meinung einiger guter Kenner (und Freunde) zu meinen Gedichten eingeholt, habe am Schluß aber immer das gemacht, wovon ich im Verstand und im Herzen überzeugt war.
2. Das Zusammentreffen verschiedener Lebensumstände und seelischer Veranlagungen hat mich dazu gebracht, über folgende Motive zu schreiben:
   a) Die *Einsamkeit*, die *Angst*, allein zu sein. Dieses Gefühl hat nichts zu tun mit einer Abschottung von Gesellschaft und Freunden: ich habe und hatte genug Gesellschaft, die meinem inneren Leben immer fern war. Es ist dies ein Konflikt zwischen der *Öffnung* zur äußeren Welt und dem *Verschließen in sich selbst*.
   b) Mit dem *Verschließen in sich selbst* sind bestimmte Motive verknüpft, z.B. »In der Schattentiefe der Dinge«, »Konzertabend«, »Der Museumswächter« und etliche andere, die mit schneebedeckter Erde zu tun haben (»Harter Monat oder Einsamkeit«) usw.
   c) Auch das Motiv der *Frau* steht im Zusammenhang mit der *Einsamkeit*: manche haben es als eine Vorliebe für *Sinnlichkeit* interpretiert, ich aber sage, daß es nicht nur Sinnlichkeit ist, sondern etwas anderes – ein Kommunizieren mit dem Leben, ein Mittel, aus der Einsamkeit herauszutreten. Die *Enttäuschung* bei Prozessen dieses Kontaktes begegnet uns in »Ver-

1. Der Originaltitel des hier übersetzten Buches »Njeriu më vete e me tjerë« (»Der Mensch in sich und mit anderen«).

në të: tipike poezia e pabotueme »Vetëvrasës« – terri mes kohës kur zhduken yjët dhe ardhjes së agimit, *terri mes dy dritave.*

3. Motive dytenike janë:

   a) *Ikja prej një vendi në tjetrin,*

   b) *malli* për Jug në Veri, ikja prej bjeshkës në vërri,

   c) *ironia e fshehtë* apo përpjekja me ngushëllue veten për të ikë nga problemet (»Kukullat në pushim«). Këto motive dalin në një rresht ose fjalë fort shpesh, të cilat sëbashku japin kuadrin e përgjithshëm. Pra, poezitë ndonëse të shkurta sëbashku paraqesin një botë sikur të ishte një poemth i vetëm.

4. Në këtë përmbledhje vargjesh përsëriten disa *objekte* (gjasende) me përmbajtje *simbolesh: guri, zogjtë, topologjia* me jug e veri.

5. Motivet arbëreshe, me siguri, nuk kanë me u kuptue nga arbëreshët sepse ata kanë parasysh realitetin, ndërsa unë mbështetem në përftyrimet e mia; unë shfaq atë çka *ndiej vetëm* për këtë botë.

gessene Haut«, »Der Hirsch – gebrochen«, »Die Legende von Shota«. Die Notwendigkeit der Frau – »Was soll Odysseus in Ithaka ohne Frau?«

d) Die *Angst vor dem Zu-Ende-Gehen*, nicht nur des Lebens (vergl. die Vorstellung vom Tod als Eis: »Dieser Berg Eis teilt die Zeit«) – »Sehnen lebenslang«. Das Kommen des Endes geschieht still, sachte (»Tod – Rascheln«), aber auch theatralisch, mit dem Getöse der Lawine oder des Erdbebens.

e) Das Motiv der *Dunkelheit* oder die Verzweiflung, bei der ein gewisses Behagen an eben dieser spürbar ist: typisch ist das unveröffentlichte Gedicht »Trostlosigkeit« – das Dunkel zwischen der Zeit, in der die Sterne verlöschen, und dem Heraufziehen der Morgendämmerung, *das Dunkel zwischen zwei Lichtern.*

3. Dualistische Motive sind:

   a) Die *Flucht von einem Ort zum anderen*,

   b) die *Sehnsucht* nach dem Süden im Norden,

   c) die *versteckte Ironie* oder der Versuch, sich selbst zu trösten, um den Problemen zu entgehen (»Wenn die Puppen sich ausruhen«). Diese Motive treten häufig in einer Zeile oder in Worten in Erscheinung, die zusammen ein Gesamtbild ergeben. Die Gedichte stellen, auch wenn sie kurz sind, zusammengenommen eine Welt dar, als handle es sich dabei um ein einziges Poem.

4. In dieser Gedichtsammlung treten dem Leser wiederholt einige *Objekte* (Gegenstände) mit *symbolischem* Gehalt entgegen: *Stein, Vögel, Topologie* mit Nord und Süd.

5. Die Italoalbaner werden die italoalbanischen Motive sicherlich nicht verstehen, weil sie die Realität vor Augen haben, während ich mich auf meine Vorstellung stütze; ich stelle dar, was ich für diese Welt *selbst empfinde.*

1. Si dihet unë kam kalue prej vargut, thueja, klasik në vargjet e lira. Në të vërtetë, sikur ka ngja për të gjithë ata që kanë bâ këtë rrugë, unë këtë e konsideroj si një *shlirim* të vërtetë.
2. Në »Njeriu ...« më duket se kam gjetë rrugën time të saktë në këtë kuptim, dmth formal. Ndoshta nuk bie menjëherë në sy, por këtu jam kthye edhe tek ritmi i poezisë popullore tonë!
3. *Toni i fillimit* të kompozicionit të vogël si dhe shpesh *vijimi* »in tono sommesso« mund të përkujtojë atë gjini të poezisë popullore të quejtun »rituale« (formulat e mëngjisë).
4. *Në poezitë me vargje të lira* kam ndjekë gjithmonë parimin: me krijue kompozicione *tingullore* ku vargu në vetvete, si njësi e një *tanësie* strukturale, të mos veçohet apo mos të dalë tepër në shej. Atë vend që kanë fjalët në një *varg* kanë *vargjet* në një kompozicion të shkurtë (poezi).
5. Tue lexue poezinë me pesë-gjashtë të marruna fryme *(pauza)* të ndëgjohet një *ritmí* apo *melodi tanësore.*
6. Përkthimi yt më ka pëlqye fort sepse ky tonalitet ndëgjohet edhe në *italishte.* Gëzohet për këtë sepse lexuesi që njeh të dyja gjuhët kupton se çka ashtë fshehë mbas vargjeve shqip që nuk janë të lehtë të përkthehen.
7. Mëvaret prej teje si ke për ta zgjidhë problemin se këto vargje kanë këto vlera ritmike: *zanore të gjata* = /dḗt/, zanore të mesme /plákë/ dhe të shkurta /prìt/ ashtu si arbërishtja. Nëse ke vu ore s'ka kombinime _/_/ po qe se ka aso rastesh, atëherë mes tyne gjindet pauza _/_/.
8. Si e di ka variacione edhe në skemat: vocale atona e tonica: v–/vv–/–v/–vv/. La fine del verso segna generalmente la *pausa.*
9. Marrë parasysh këtë sistem metrik, edhe nëse ndojherë prej

Die formale Seite und die Übersetzung

1. Bekanntlich bin ich vom sozusagen klassischen Vers zu freien Versen übergegangen. In der Tat betrachte ich dies, so wie es allen ergangen ist, die diesen Weg gegangen sind, als eine wirkliche *Befreiung*.
2. In »Njeriu ...« glaube ich, meinen in diesem, d.h. formalen Sinn richtigen Weg gefunden zu haben. Es mag nicht sofort ins Auge springen, doch bin ich hier auch zum Rhythmus unserer Volksdichtung zurückgekehrt!
3. *Der Anfangston* der kleinen Komposition und häufig auch *der weitere Verlauf* »in tono sommesso«[2] kann an das Genre der Volksdichtung erinnern, das als »rituell« bezeichnet wird (Zauberformeln).
4. *Bei Gedichten in freien Versen* bin ich immer folgendem Grundsatz gefolgt: *Klang*kompositionen zu schaffen, in denen der Vers als solcher, als Einheit eines strukturellen *Ganzen*, nicht isoliert dastehen oder zu sehr in den Vordergrund treten soll. Den Platz, den Wörter in einem *Vers* haben, haben *Verse* in einer Kurzkomposition (einem Gedicht).
5. Liest man ein Gedicht mit fünf, sechs Atemzügen *(Pausen)*, hört man eine *Rhythmik* oder *Gesamtmelodie*.
6. Deine Übersetzung hat mir sehr gefallen, weil diese Tonalität auch im Italienischen zu hören ist. Das ist erfreulich, weil der Leser, der beide Sprachen kann, versteht, was sich hinter den albanischen Versen verbirgt, die nicht leicht zu übersetzen sind.
7. Es hängt von Dir ab, wie Du das Problem lösen wirst, daß diese Verse folgende rhythmischen Werte haben: *lange Vokale*

2. »In leisem Ton«.

një vargu shqip dalin dy vargje italisht, s'lot rrol. Pra, ritmi i kompozicionit (poezisë) si tanësi në vetvete ashtë me randësi.

= /dḗt/ [Meer], mittellange Vokale /plákë/ [Greisin] und kurze Vokale /prìt/ [wart'] wie das Italoalbanische. Falls Du es bemerkt hast, es gibt keine Kombinationen _/_/; wenn es solche Fälle gibt, ist eine Pause dazwischen _/_/.

8. Wie Du weißt, gibt es Variationen auch in den Schemata: unbetonter und betonter Vokal: v–/vv–/–v/–vv/. La fine del verso segna generalmente la *pausa*[3].
9. Berücksichtigt man dieses metrische System, dann spielt es keine Rolle, wenn manchmal aus einem albanischen Vers zwei italienische Verse werden. Wichtig ist also der Rhythmus der Komposition (des Gedichts) als in sich geschlossenes Ganzes.

3. Das Versende zeigt im allgemeinen die *Pause* an.

Biobibliographischer Abriß

21. 7. 1925 Martin Camaj wird in Temal, einem Berghirtendorf im Hinterland des nordalbanischen Kulturzentrums Shkodra geboren. In Shkodra besucht er ein italienisches Jesuiten-Gymnasium, arbeitet danach kürzere Zeit als Lehrer in der von ihm gegründeten Schule seines Heimatdorfes.

1949 In den Nachkriegswirren flieht er nach Jugoslawien. In Belgrad studiert er romanische und slawische Sprachen. Spezialisierung auf Sprachwissenschaft.

1953 In Prishtina Veröffentlichung des ersten Lyrikbandes *Nji fyell ndër male* (Eine Flöte in den Bergen).

1954 Zweiter Gedichtband *Kanga e vërrinit* (Das Lied der Winterweide). Von den beiden konventionell gehaltenen Erstlingswerken distanziert sich der Autor später.

1956 Übersiedelung nach Rom. Fortsetzung der Studien, gleichzeitig Chefredakteur der von Ernest Koliqi gegründeten Literaturzeitschrift *Shêjzat* (Die Plejaden).

1958 In Rom erscheint der lyrisch intonierte und mit Gedichten durchsetzte Roman *Djella.*

1961 Camaj lehrt Albanisch an der Münchener Universität, ab 1970 als Professor und ab 1978 als Lehrstuhlinhaber für Albanologie.

1964 *Legjenda,* albanische Legenden in Gedichtform, erscheinen in Rom.

1978 Im Selbstverlag des Autors erscheinen in München:
Lirika mes dy moteve (Gedichte zwischen zwei Jahreszeiten), überwiegend überarbeitete ältere Gedichte
Rrathë (Kreise), Roman
Njeriu më vete e me tjerë (Der Mensch allein und mit anderen), Gedichte.

1981 Im Selbstverlag des Autors in München:

Shkundullima (Das Erdbeben), Novellen und ein Schauspiel

Poezi 1953–67 (Gedichte 1953–67), gesammelte Gedichte

Dranja. Madrigale (Rose, die Schildkröte. Madrigale). Lyrische Prosa.

1985 Unter dem Titel *Poesie* erscheint in Palermo die italienische Übersetzung des *Njeriu më vete e me tjerë* in der meisterlichen Übersetzung des italoalbanischen Lyrikers Francesco Solano.

1987 In München, wiederum im Selbstverlag, erscheint das Buch *Karpa* (Felsen), in dem Camaj mit Elementen des phantastischen Romans experimentiert.

1990 New York. In der von Leonard Fox betreuten albanisch-englischen Ausgabe *Selected Poetry* gelangten zwei Gedichtsammlungen zur Erstveröffentlichung: *Nema* (Nemesis) und *Buelli* (Der Büffel).

1991 New York–München: *Palimpsest*, die letzten veröffentlichten Gedichte (Albanisch–Englisch, wiederum übersetzt von Leonard Fox; die Übersetzungen ins Englische werden vom Autor ebenso unterstützt und betreut wie diejenigen ins Italienische und Deutsche).

1991 In München *Gedichte*, erste Veröffentlichung in deutscher Sprache.

12. 3. 1992 Martin Camaj geht von dieser Welt.

1993 In Cosenza erscheint das Schauspiel *Kandili Argjandit* (Der Leuchter von Gold), das Martin Camaj noch auf dem Totenbett fertiggestellt hat.

1994 In Prishtina erscheint *Djella*, eine von Camaj noch erarbeitete Neufassung des Romans von 1958.

1996 In Tirana erscheinen fünf Bände mit Werken von Martin Camaj. Die auf neun Bände angelegte Ausgabe Gesammelter Werke wird unterstützt vom albanischen Kulturm-

inisterium. Die jahrzehntelange Ächtung Camajs durch die Diktatur in Albanien findet damit ein Ende.
Nach dem Sieg der Sozialistischen Partei bei den Parlamentswahlen (1997) heißt es: »Camaj wird nicht mehr gedruckt.«

Editorische Notiz und Nachbemerkung des Übersetzers

Der vorliegende Gedichtband wird nicht unter seinem Originaltitel *Njeriu më vete e me tjerë* veröffentlicht, da dieser auf Deutsch – »Der Mensch allein und mit anderen« – nicht die Eindrücklichkeit erreicht wie im Albanischen und zu sehr an bestehende Titel in der deutschsprachigen Literaturlandschaft anklingt.

Der Band wird so veröffentlicht, wie Martin Camaj selbst es gewünscht hat. Seine *conditio sine qua non* für jegliche Publikation von Übersetzungen seiner Verse war die Zweisprachigkeit. Ob in Zeitschriften oder in Buchform, Camaj bestand unnachgiebig darauf, daß die Übersetzung dem Original gegenübergestellt wird.

Der Autor hat dem Übersetzer gegenüber oft geäußert, daß der Band *Njeriu më vete e me tjerë* als in sich geschlossenes Ganzes aufzufassen ist, in dem jedes Teil seinen unverrückbaren Platz und seine Funktion hat. Auch die Abfolge, in der »leichtere« Texte in die komplexen, mit Symbolen durchsetzten abstrakten Gedichte eingestreut sind, ist vom Autor gründlich bedacht und »komponiert« worden, wie er dieses Buch in Gesprächen denn auch immer wieder als »Komposition« bezeichnet hat. In diesem Zusammenhang erscheint ein Hinweis angebracht: so sehr Martin Camaj auch ein *poeta doctus* war und so umfassend seine Belesenheit und profunde Literaturkenntnis von der Antike bis zur Moderne war, so hatte er doch eine intensive Beziehung zur Musik und insbesondere zur Malerei, der er sich zutiefst verbunden fühlte und der er, wie er in einer seiner ganz seltenen schriftlichen Äußerungen über seine Dichtung, in einem Brief an einen albanischen Freund in Amerika, bekannte, viel verdankte: »Ich habe viel von den Meistern der Kunst und von der Komposition der Gemälde gelernt.« Es gilt hier, einer allzu leichtfertig immer wieder behaupteten syllogistischen Formel entgegenzutreten, Camaj sei ein Schüler Ungarettis und als solcher von diesem beeinflußt. Der große *ermetista* Giuseppe Ungaretti war einer der Professoren, bei denen Camaj unter anderem an der Universität Rom studiert hat. Die hermetisch anmutenden Elemente von Camajs lakonisch verknappter elliptischer Lyrik weisen eine Affinität zu Ungarettis poetischem Verfahren auf, sind jedoch nicht schlichtweg als Folge direkter »Beeinflussung« etikettierbar. Camajs Dichtung wurzelt in seiner individuellen Entwicklung, die sich jeder Vereinnahmung durch Routine und Literaturbetrieb erfolgreich widersetzte, und in dem oral tradierten Wort- und Erzählgut seiner Heimat in den nordalbanischen Bergen (Märchen, Legenden, Rätsel, Sprüche, Lieder), das sich, auf den Gedächtnisspeicher angewiesen, auf das Wesentliche konzentrieren und verdichten muß und daher auf Schnörkel, Dekor und alles nicht unbedingt Notwendige verzichtet. Camajs Lyrik ist ein Zusammenfließen von Individualität und Überlieferungen des kollektiven Gedächtnisses oraler Tradition, eine Synthese von Modernem und Archaischem. Nochmals sei aus dem bereits erwähnten Brief Camajs[1] zitiert: »Von der Literatur habe ich alles bekommen, selbst den Willen, zu leben. Man kann das auch eine Besessenheit nennen. Es war wohl von Nutzen, daß ich die Themen und das Mittel »Sprache« haben reifen lassen, ohne sehr von äußeren Faktoren beeinflußt zu sein: die Lyrik zumal braucht die Einsamkeit und unabhängige innere Entwicklung; deswegen habe ich verschiedene Perioden gehabt: diejenigen, die unter Diktat schreiben, haben keine Perioden.« Und: »Die Obsession kommt auch in der Behandlung von Themen zum Ausdruck, die sich *wiederholen* (der italienische Dichter Leopardi nannte sie

1. Vom 22. 8. 1989 an Idriz Lamaj. Der Brief befindet sich in Camajs Nachlaß im Archiv der Martin-Camaj-Gesellschaft (Martin-Camaj-Gesellschaft, Dr. Erika Camaj, Tiefenweg 3, D-83661 Lenggries).

»pensieri dominanti«), so wie es bei Malern vorkommt, die sich nicht von einem bestimmten Gegenstand oder Gesicht trennen können. Das *malësor*[2] -Sein ist nicht von mir zu trennen!«

Die vorliegende Ausgabe von *Njeriu më vete e me tjerë* enthält (mit Ausnahme des Textes *Përgjegja e Jehonës*[3]) sämtliche Gedichte der 1978 in München im Selbstverlag des Autors erschienenen Originalausgabe, einschließlich der Zyklen *Kangë të vjetra*[4] und *Pleqnime më vete*[5], die in der italienischen Übersetzung von 1985 fehlen. Ferner bringt die vorliegende Ausgabe die Zusammenstellung *Të pabotueme* (»Unveröffentlichte«), sechs zu Lebzeiten des Dichters unveröffentlichte Gedichte. Camaj hat sie mir seinerzeit zum Übersetzen und mit dem ausdrücklichen Wunsch gegeben, sie in die deutsch-albanische Ausgabe aufzunehmen. Zwei von ihnen, »Trostlosigkeit« und »Ermordung des Dichters«, erschienen dann erstmals 1991, nur auf Deutsch, in einer ersten kleinen Auswahl von Camaj-Gedichten im Kyrill & Method Verlag, München. Auf Albanisch erschienen die »Unveröffentlichten« erstmals 1996 in einer fünfbändigen Ausgabe eines Teils der Werke von Martin Camaj im Apollonia Verlag, Tirana. Einige wenige, geringfügige Abweichungen in der albanischen Textgestalt gegenüber der Edition des Apollonia Verlages beruhen darauf, daß mir Camajs Originalmanuskript vorlag.

Die beiden in unserer Ausgabe wiedergegebenen theoretischen Texte gehören zu den äußerst raren Selbstzeugnissen Camajs. Es sind die beiden einzigen uns bekannten Äußerungen, in denen sich der Dichter, der seine Gedichte mit großer Scheu und

2. »Einer aus den Bergen«.

3. »Die Antwort des Echos«, es handelt sich um ein recht spezifisches Wortspiel mit Echowirkungen.

4. »Alte Lieder« (aus diesem Zyklus wurde hier lediglich der Text *Veshja arbreshe* – »Italoalbanische Tracht« ausgelassen).

5. »Mit sich zu Rate gehen«.

unter inneren Kämpfen aus der Hand gab (»sie sind wie meine Kinder«), der über seine Dichtung ungern und über deren innere Bezirke gar nicht sprach, über die Schulter sehen ließ und einen für seine Begriffe derart offenen Einblick in sein Schreiben gewährte. Beide Texte hatte Martin Camaj seinem italienischen Übersetzer geschrieben und mir Ende der 80er Jahre mit den Worten anvertraut: »Ich werde einmal nicht mehr sein. Da werden sie mit ihren Interpretationen anfangen. Dann sollst Du dies hier veröffentlichen.«

Ein Wort zur Übersetzung: Sie ist 1982–84 entstanden, unter dem wachenden Auge und mit Unterstützung Martin Camajs. Es war eine für den Übersetzer ideale Arbeitsbedingung: bei wöchentlichen Treffen in den Semestermonaten wurde jede Phase der Übersetzung mit dem Autor besprochen, der zwar selbst keine Übersetzungsvorschläge gemacht, aber stets überprüft hat, ob es auch im Deutschen noch seine Gedichte waren oder »Camaj mit deutschem Hut«. Vor allem hat der Autor jede Frage zur Textgestalt, zur diffizilen Lexik seiner Gedichte beantwortet und dem Übersetzer dabei besonders das erläutert, was nicht nur in, sondern auch zwischen den Zeilen steht, auch Nuancen, die sich nicht durch Wörterbücher erschließen lassen. Die Arbeitsweise der möglichst originalnahen, dabei kreativen Übersetzung kam Martin Camaj sehr entgegen, von Übersetzungen hat er Kreativität geradezu verlangt; so kam es zu einer fruchtbaren Zusammenarbeit – der Autor ließ mir jegliche Freiheit, ich legte die Übersetzung eines Textes erst aus der Hand, wenn ich sein Einverständnis mit der Übersetzung insgesamt und insbesondere sein Placet zu jeder übersetzerischen Freiheit bekommen hatte und die deutsche Fassung zur beidseitigen Zufriedenheit ausfiel.

Zum Schluß sei darauf hingewiesen, daß der Gedichtband einen epischen Zwillingsbruder hat: den Roman *Rrathë* (»Kreise«), den Camaj zur gleichen Zeit wie die Gedichte geschrieben hat, in einer Phase der Wanderung zwischen beiden Genres, bei welcher der Autor das, was ihm für die Darstellung in der Lyrik nicht adäquat erschien, in den Roman gepackt, und das, was er im Roman nicht ausdrücken konnte, in Gedichtform gesagt hat.

Hans-Joachim Lanksch